Roald Dahl

The Umbrella Man
and other stories

L'homme
au parapluie
et autres nouvelles

Traduit de l'anglais
par Alain Delahaye

Traduction révisée,
préfacée et annotée par Yann Yvinec

Gallimard

PRÉFACE

« *Il faut être fou pour devenir écrivain. Si c'est un romancier, il vit dans la peur. Chaque journée exige des idées nouvelles et il n'est jamais sûr de les trouver au rendez-vous* », estime Roald Dahl. *Cependant, juge-t-il, « celui qui choisit cette profession n'a qu'une seule compensation : une absolue liberté. Il n'a pour seul maître que son âme, et c'est bien là pour lui, j'en suis sûr, un motif déterminant* ». À travers cet extrait de Moi, Boy[1], ouvrage autobiographique, on comprend que Roald Dahl n'a pas toujours écrit dans la facilité, lui dont la vocation littéraire s'est déclarée assez tard et dont l'entrée en littérature a eu lieu à la suite d'une rencontre fortuite avec le romancier C. S. Forester. On perçoit aussi dans cette citation tout le plaisir que l'écrivain a éprouvé à bâtir une œuvre fondée sur l'imagination (*«Écrire à propos de faits réels ne m'intéresse pas* », confiait-il), la fantaisie, l'insolite, le fantastique, l'exagération des com-

---

1. L'ensemble de l'œuvre de Roald Dahl a paru aux Éditions Gallimard. Dans la collection Folio bilingue figurent *The Princess and the Poacher* (*La princesse et le braconnier*) et *The Great Switcheroo / The Last Act* (*La grande entourloupe / Le dernier acte*).

7

portements, l'absurdité des situations, sans oublier l'humour, omniprésent.

Roald Dahl est né au pays de Galles en 1916. Il est le troisième enfant d'une famille qui en comptera six. Alors qu'il n'a que trois ans, son père, prospère courtier maritime d'origine norvégienne et installé à Cardiff, décède d'une pneumonie. La même année mourait sa demi-sœur d'une appendicite. La vie de Roald Dahl, nous le verrons, est émaillée de drames de cette sorte. Sa mère, norvégienne également, doit assumer seule l'éducation de ses enfants. Roald Dahl n'a pas manqué de lui rendre hommage : « Elle a été sans nul doute l'influence principale de ma vie. Nous rayonnions autour d'elle comme les planètes autour du soleil. » La jeune femme fait suivre une scolarité en Angleterre à son fils Roald, exécutant en cela la volonté de son défunt mari qui se plaisait à répéter : « Aucun de mes enfants n'ira en classe ailleurs qu'en Angleterre. Il existe quelque chose de magique dans les établissements scolaires anglais. L'instruction qu'ils dispensent a permis aux habitants d'une petite île de devenir une grande nation, de créer un vaste empire et de produire également la plus grande littérature du monde. »

Le jeune Roald intègre tout d'abord un pensionnat, la St. Peter's School dans le Somerset, dont il conservera le souvenir douloureux des brimades et des sévices corporels : coups de canne, sadisme d'une infirmière introduisant du savon dans la bouche d'un élève qui ronflait en dormant. « Ils étaient vraiment durs, ces maîtres, ne vous y trompez pas, et si l'on tenait à survivre, il fallait soi-même s'endurcir », note-t-il. Des années après, l'écri-

*vain se souvient du vague à l'âme qui l'envahissait
alors : «Le mal du pays, c'est un peu comme le mal de
mer. On ne sait pas à quel point c'est épouvantable jusqu'à ce qu'on en soit affligé, et quand ça arrive, on
reçoit comme un choc au creux de l'estomac et on a envie
de mourir. »*

*À l'âge de treize ans, en septembre 1929, le jeune
homme est inscrit à Repton, collège privé réputé situé au
cœur des Midlands. Il est frappé, là aussi, par la bruta-
lité ambiante. «Les préfets [ces élèves des grandes classes
chargés de superviser leurs cadets] avaient droit de vie
et de mort sur nous, les plus jeunes. Ils pouvaient nous
convoquer en pyjama le soir et nous rosser, simplement
pour avoir laissé une chaussette par terre dans le ves-
tiaire après un match de foot. » Si Roald Dahl insiste à
ce point sur les châtiments corporels à l'école, la raison
en est simple, explique-t-il : «Je ne peux pas m'en empêcher. Durant toutes mes études, j'ai été horrifié par ce pri-
vilège accordé aux maîtres et aux grands élèves d'infliger
des blessures, parfois très graves, à de jeunes enfants. Je
ne pouvais pas m'y habituer. Je n'ai jamais pu. »*

*Sa scolarité inspirera probablement l'écrivain lorsqu'il
créera des personnages brutaux ou autoritaires dans plusieurs de ses histoires : les terribles tantes dans* James et
la pêche géante, *les géants hostiles dans* Le bon gros
géant, *ou encore les parents et la directrice de l'école
dans* Matilda. *Elle aura aussi une répercussion sur
ses convictions religieuses. «Ce furent ces expériences, je
pense, qui firent naître en moi mes premiers doutes sur
la religion et même sur Dieu. Si cette personne [le principal qui distribuait les coups de canne], ne cessais-je de*

me répéter, était l'un des représentants de Dieu sur terre, alors il y avait vraiment quelque chose qui clochait dans tout le système. » *La vie à Repton n'est cependant pas dénuée d'attraits pour le jeune lycéen qui s'adonne au sport avec un talent certain et se passionne également pour la photographie. Le jeune homme trouve aussi une compensation des plus réjouissantes aux duretés de la vie de pensionnaire dans les tests que propose aux élèves de l'école la firme de chocolat Cadbury, implantée non loin. Les adolescents se voient régulièrement confiés chacun une boîte avec les nouvelles inventions du chocolatier. Ils sont chargés de les noter et de les commenter. Sans doute faut-il voir là l'origine de la gourmandise présente dans nombre des histoires de Roald Dahl. C'est à coup sûr cet épisode qui fournira le point de départ de l'un de ses ouvrages les plus connus : «Je sais pertinemment, explique-t-il, que, trente-six ans plus tard, à la recherche d'une histoire pour mon deuxième livre d'enfants, je me rappelai ces petites boîtes en carton gris et les chocolats nouvellement inventés qu'elles contenaient, et je commençai à écrire un livre appelé :* Charlie et la chocolaterie. »

À la sortie de Repton, Roald Dahl ne souhaite pas poursuivre ses études : «*Je veux tout de suite travailler pour une entreprise qui m'enverra dans de merveilleux pays lointains comme l'Afrique ou la Chine.* » En 1933, il est engagé par la compagnie pétrolière Shell. Nommé tout d'abord stagiaire au service Orient, il passe quelque temps à Londres avant d'être affecté en Afrique, au Tanganyika, l'actuelle Tanzanie. Le voyage qui le conduit à travers le golfe de Gascogne, le détroit de Gibraltar, la mer Méditerranée, le canal de Suez et la mer Rouge

constitue déjà une aventure extraordinaire pour un jeune homme à cette époque, se souvient-il dans Escadrille 80. *Dans ce second livre autobiographique, il relate également sa découverte de la faune africaine ainsi que ses relations avec les autochtones et les colons blancs. Alors qu'on l'avait accusé de racisme après l'écriture d'une première version de* Charlie et la chocolaterie *dans laquelle les ouvriers noirs de l'usine apparaissaient comme des esclaves congolais, Roald Dahl avouera sur ses vieux jours conserver quelques regrets de n'avoir pas perçu les limites de l'impérialisme britannique et l'inégalité de traitement qui prévalait alors :*
« *Ce n'était très confortable que parce que nous avions des tas et des tas de serviteurs, ce qui n'est pas bien, vraiment pas bien.* »

Dès le début de la Seconde Guerre mondiale, Roald Dahl s'engage dans la Royal Air Force où il reçoit une formation de pilote. En septembre 1940, on l'envoie combattre en Égypte. Égaré et à cours de carburant lors d'une manœuvre, il est victime d'un grave accident qui lui vaut plusieurs opérations et des mois d'hôpital. Roald Dahl écrira plusieurs nouvelles sur cette époque : « Shot Down over Libya », « Death of an Old Man », « They Shall not Grow Old », « Katina », « Only This ». *Cette période de sa vie trouvera aussi une résonance dans ses livres pour enfants où l'aviation et les déplacements aériens — tout comme les voyages — sont plusieurs fois exploités : ainsi voyons-nous en action la R.A.F. dans* Le bon gros géant, *et c'est par la voie des airs que James s'enfuit sur sa pêche pour échapper à la tyrannie de ses tantes.*
En 1942, Roald Dahl, insuffisamment remis de

ses blessures, est affecté à l'ambassade britannique à Washington. C'est alors qu'a lieu la rencontre décisive avec C. S. Forester qui lui demande de faire un récit de ses propres faits de guerre. Dahl écrit «Shot Down over Libya». La réaction de Forester est très favorable : «Vous ne saviez pas que vous étiez un écrivain ? Je n'ai pas changé un mot.» Le texte paraît dans The Saturday Evening Post *en août 1942 et marque le début de la carrière littéraire de Roald Dahl qui fait de nombreuses rencontres à cette période : Martha Gellorn et par son intermédiaire Ernest Hemingway qu'elle venait d'épouser, Harry Truman, Noël Coward, etc.*

En cette même année 1942, son histoire, The Gremlins, *est envoyée à Walt Disney. L'écrivain y met en scène des personnages imaginaires, des sortes d'elfes souvent évoqués par les pilotes de la R.A.F. et supposés responsables des avaries des avions. Après de nombreuses tergiversations, le projet, sur lequel avaient pourtant été engagées d'importantes sommes d'argent, se réalise non pas sous la forme d'un film mais d'un livre, le premier de Roald Dahl :* Walt Disney : The Gremlins (A Royal Air Force Story by Lieutenant Roald Dahl). *On y trouve quelques traces autobiographiques : l'avion du pilote, Gus, est abattu. Celui-ci, blessé, aspire à reprendre le combat.*

De retour en Europe après la guerre, Roald Dahl décide de ne plus travailler pour Shell mais de se consacrer à l'écriture. En 1946, paraît Over to You, *son premier recueil de nouvelles, et en 1948 un roman,* Sometimes Never, *qui passe inaperçu et ne fera pas l'objet d'une nouvelle édition, même lorsque son auteur connaîtra par la suite un succès considérable. Cette pre-*

mière tentative étant tombée dans l'oubli, de nombreux observateurs considérèrent à tort Mon oncle Oswald, *publié en 1979, comme ses débuts romanesques.*

Un nouveau recueil de nouvelles, publiées antérieurement dans des revues, est accepté par l'éditeur Alfred Knopf. Il s'agit de Someone Like You, *qui paraît aux États-Unis à l'automne 1953 puis en Angleterre en 1954. L'ouvrage reçoit un bon accueil. On y décèle ce qui caractérise l'œuvre de l'écrivain : un mélange de situations ordinaires et des plus grotesques, d'histoires étranges et d'idées insolites. La férocité, le tragique y côtoient l'humour raffiné et les rebondissements inattendus. De subtils glissements s'opèrent souvent du réel vers l'irréel ou inversement. Lorsque Dahl bâtit des histoires sur des situations délibérément invraisemblables, les traits de caractères des personnages, leurs travers sont, eux, tellement plausibles et si bien amenés par l'auteur, avec force détails, que s'insinue parfois le doute dans l'esprit du lecteur.*

En 1953 Roald Dahl se marie avec l'actrice Patricia Neal. Il vit avec elle à New York. À cette époque, il commence à écrire pour le cinéma : il collabore ainsi au scénario préliminaire de Moby Dick, *le film de John Huston et Ray Bradbury. C'est d'ailleurs dans le domaine du 7ᵉ art que Dahl va confortablement gagner sa vie pendant quelques années. Il participe, par exemple, à l'écriture de* You Only Live Twice (On ne vit que deux fois), *film mettant en scène James Bond, et à un projet avec Robert Altman qui ne voit finalement pas le jour. Ses relations parfois difficiles avec le milieu du cinéma contribuèrent, avec ses emportements restés*

célèbres, à forger de lui une figure controversée, tout à la fois héros de guerre au caractère bien trempé, père au cœur tendre dévoué aux siens en dépit de plusieurs tragédies familiales, fantaisiste, provocateur, antisémite, égocentrique et philanthrope à la fois.

*Le 20 avril 1955 naît le premier de ses cinq enfants. Patricia Neal qualifie son mari de «*very maternal daddy*». Il faudra au couple beaucoup de courage pour surmonter les épreuves que leur réservera la vie : la mort de leur fille Olivia (qui laisse l'écrivain, très affecté, dans l'incapacité d'écrire pendant plusieurs mois), le grave accident de leur fils, renversé par une voiture, qui souffrira de fractures du crâne et d'hydrocéphalie, et, début 1965, la rupture d'anévrisme de Patricia Neal, engagée alors sur le tournage d'un film de John Ford, et qui venait de recevoir un Oscar à Hollywood. Roald Dahl mettra tous les moyens en œuvre, secondé par quelques amis, pour aider sa femme à recouvrer tous ses moyens et à surmonter ses problèmes de mémoire, de locomotion ou d'élocution. Il est alors installé en Angleterre, à Great Missenden, Buckinghamshire, dans une maison nommée Gipsy House. Il y travaille à ses livres dans une cabane installée au fond du jardin. C'est dans ce lieu qu'il trouve l'isolement nécessaire à sa production littéraire. Selon lui, l'écrivain de fiction a deux facettes : «*L'homme ordinaire et l'homme secret qui n'apparaît que lorsqu'il a refermé derrière lui la porte de son bureau et qu'il se retrouve seul. Alors, c'est l'imagination qui prend le pas.*»*

S'il publiera encore quelques nouvelles pour adultes — Kiss, Kiss, en février 1960, et beaucoup plus tard La princesse et le braconnier (Two Fables) *en 1986, à*

l'occasion de son soixante-dixième anniversaire, soit quatre ans avant sa mort qui survient en 1990 —, c'est à cette époque que l'écrivain se tourne vers la littérature enfantine en commençant par inventer des histoires pour ses filles aînées. Lorsqu'il soumet ses premiers écrits dans ce domaine à son éditeur — il s'agit de James et la pêche géante *— Dahl ne manque pas de se poser quelques questions sur leur intérêt («Mais pourquoi donc est-ce que j'écris ces absurdités ?»). Et alors qu'il imagine une réaction négative d'Alfred Knopf («Mais pourquoi donc est-ce que je* lis *ces absurdités ?»), celui-ci est, au contraire, très enthousiaste et voit même dans le livre un futur succès.*

Roald Dahl enchaîne rapidement avec l'écriture de Charlie et la chocolaterie, *une autre histoire écrite tout d'abord pour ses enfants. Le livre paraît en 1964 aux États-Unis et une version filmée sort en 1971. La notoriété de l'écrivain s'accroît alors considérablement. Suivent des livres qui deviennent des grands classiques pour la jeunesse :* Fantastique Maître Renard *en 1970,* Danny, le champion du monde *en 1975 puis* La merveilleuse histoire de Henry Sugar. *Son travail se poursuit au cours des années 1980 avec la parution de quelques-uns de ses meilleurs livres :* Le bon gros géant *(1980),* Sacrées sorcières *(1983),* Matilda *(1988) et deux ouvrages autobiographiques :* Moi, Boy *(1984) et* Escadrille 80 *(1986). Une inventivité sans limites constitue l'attrait principal de livres où les adultes n'ont pas toujours le beau rôle : «Dénigrer les grandes personnes est une chose qui fonctionne fort bien avec les enfants. Cela leur plaît beaucoup.» Et l'écrivain n'a jamais cherché à édulcorer ses histoires sous prétexte qu'elles étaient destinées à un jeune public. Il a toujours*

gardé à l'esprit une découverte qu'il eut lui-même l'occasion de faire très jeune : « La vie n'est pas une partie de plaisir, et plus vite tu apprends à t'en tirer, mieux ça vaudra pour toi. » Le succès de Dahl est considérable durant les vingt dernières années de sa vie : on estime qu'il se vendit, en Grande-Bretagne uniquement, entre 1980 et 1990, plus de 11 millions d'exemplaires de ses livres pour enfants, soit beaucoup plus que le nombre de bébés nés sur le sol britannique au cours de la même période !

Les œuvres de Roald Dahl pour la jeunesse sont devenues inséparables du travail de son illustrateur, Quentin Blake, dont les dessins en sont un excellent prolongement. Les deux hommes se sont rencontrés à la fin des années 1970 et Blake témoigne de leur complémentarité et du talent de l'écrivain : « Roald Dahl avait comme moi la capacité d'imaginer des situations surréalistes : un lavabo jeté d'une fenêtre, un plat de spaghetti en vers de terre. Il savait créer un univers imaginaire imprégné d'une dimension poétique. L'ambiance de ses livres oscille entre l'insolite et le réalisme. Ce sont des contes à la fois baroques et émouvants, traités d'une manière comique qui nécessite des équivalents graphiques porteurs d'une même sensibilité. Certains auteurs s'accommodent de l'illustration, mais Roald Dahl savait que c'était une part importante du livre. Et comme il n'a jamais écrit deux fois le même livre, vous ne saviez jamais ce qui allait sortir ! »

Dans les nouvelles de ce présent recueil, Roald Dahl nous maintient tout d'abord sous le charme d'un vieux monsieur distingué et amateur de whisky qui, sous son parapluie, attendrit les passants compatissants. Mais l'escroquerie n'est pas loin… Dans « Monsieur Botibol »,

l'écrivain nous fait découvrir un homme complexé et insignifiant dont la vie n'est qu'une succession d'échecs. Victime de mythomanie aiguë, il atteint un état d'enchantement imprévisible, non sans l'aide efficace de quelques verres du meilleur vin, et il trouve dans ses délires une complicité tout aussi inattendue. Les boissons alcoolisées apparaissent en bonne place dans certains récits de Roald Dahl : l'homme au parapluie est prompt à ingurgiter les triples whisky, quelques verres ne sont pas de trop à M. Botibol pour devenir un compositeur et un chef d'orchestre célèbre et adulé. Et c'est encore le vin qui occupe une place centrale dans « Le maître d'hôtel », la dernière histoire de cette édition bilingue, la plus grinçante et la plus ironique : un domestique se gausse de son maître, un nouveau riche qui veut faire étalage de son bon goût devant ses invités mais qui se révèle incapable d'apprécier l'excellent vin qu'il leur sert et pour lequel il a dépensé des fortunes. Roald Dahl, qui avait une cave exceptionnelle, appréciait tout particulièrement les vins de Bourgogne et de Bordeaux. Ce n'est pas par hasard qu'il prête à l'un des personnages de Mon oncle Oswald, *fort érudit en matière d'œnologie, des propos enthousiastes : « Sens-moi ce parfum ! Respire ce bouquet ! goûte-le ! bois-le ! Mais n'essaie jamais de le décrire ! Impossible de rendre compte d'un tel délice avec des mots ! Boire un romanée-conti équivaut à éprouver un orgasme à la fois dans la bouche et dans le nez. »*

Comme nombre des personnages créés par l'auteur, les deux protagonistes très imaginatifs du troisième récit sont prompts à fomenter les machinations les plus astucieuses ou les plus surprenantes. Ils sont ici les inventeurs d'une combine destinée à venger les personnalités salies par les chroniqueurs mondains médisants.

Préface

Si elles sont courtes et piquantes, fantaisistes et écrites dans un style limpide, précis, incisif, les nouvelles de Roald Dahl n'en sont généralement pas moins porteuses d'une certaine philosophie ou d'une morale finement amenée : le récit de l'homme au parapluie est sans doute moins superficiel qu'il n'y paraît, et la dérision qui ressort des autres histoires, si elle prête à sourire, n'en invite pas moins à s'interroger aussi bien sur l'apparence physique, le désir de vengeance, la malice et l'astuce, que sur la bêtise ou la vanité, la tendresse ou la cruauté de gens souvent très ordinaires, « Someone Like You », aurait dit l'écrivain, « des gens comme vous », en quelque sorte...

Yann Yvinec

The Umbrella Man

L'homme au parapluie

I'm going to tell you about a funny thing that happened to my mother and me yesterday evening. I am twelve years old and I'm a girl. My mother is thirty-four but I am nearly as tall as her already.

Yesterday afternoon, my mother took me up to London to see the dentist. He found one hole. It was in a back tooth and he filled it without hurting me too much. After that, we went to a café. I had a banana split and my mother had a cup of coffee. By the time we got up to leave, it was about six o'clock.

When we came out of the café it had started to rain. "We must get a taxi," my mother said. We were wearing ordinary hats and coats, and it was raining quite hard.

Je vais vous raconter une drôle d'histoire qui nous est arrivée hier soir, à ma mère et à moi. Je suis une fille et j'ai douze ans. Ma mère en a trente-quatre, mais je suis déjà presque aussi grande qu'elle.

Hier après-midi, ma mère m'a emmenée à Londres pour voir le dentiste. Il a découvert une carie dans une molaire, et il a effectué un plombage sans me faire trop de mal. Après cela, nous sommes entrées dans un café. J'ai eu droit à un banana split[1], et maman a bu une tasse de café. Quand nous nous sommes levées pour partir, il était aux alentours de six heures.

En sortant du café, nous nous sommes retrouvées sous la pluie. «Il faut que nous prenions un taxi», a déclaré ma mère. Nous ne portions qu'un manteau et un chapeau ordinaires, et il pleuvait vraiment très fort.

1. *Banana split*: dessert composé d'une banane coupée en morceaux (*split*) accompagnée de glace ou de chantilly.

"Why don't we go back into the café and wait for it to stop?" I said. I wanted another of those banana splits. They were gorgeous.

"It isn't going to stop," my mother said. "We must get home."

We stood on the pavement in the rain, looking for a taxi. Lots of them came by but they all had passengers inside them. "I wish we had a car with a chauffeur," my mother said.

Just then, a man came up to us. He was a small man and he was pretty old, probably seventy or more. He raised his hat politely and said to my mother, "Excuse me. I do hope you will excuse me..." He had a fine white moustache and bushy white eyebrows and a wrinkly pink face. He was sheltering under an umbrella which he held high over his head.

"Yes?" my mother said, very cool and distant.

"I wonder if I could ask a small favour of you," he said. "It is only a very small favour."

I saw my mother looking at him suspiciously. She is a suspicious person, my mother. She is especially suspicious of two things — strange men and boiled eggs.

« Pourquoi ne pas retourner au café, en attendant que la pluie s'arrête ? » ai-je dit. J'avais bien envie d'un autre banana split. Ils étaient absolument délicieux.

« Elle ne va pas s'arrêter, a répondu ma mère. Nous devons rentrer à la maison. »

Nous sommes donc restées à nous mouiller sur le trottoir, à la recherche d'un taxi. Il y en avait beaucoup qui passaient, mais ils étaient tous occupés. « Ah, si seulement nous avions une voiture avec chauffeur ! » s'est exclamée ma mère.

Juste à ce moment, un homme s'est approché de nous. Un petit bonhomme plutôt vieux, qui avait bien soixante-dix ans sinon plus. D'un geste courtois il a soulevé son chapeau, et il a dit à ma mère : « Pardonnez-moi, madame. J'espère que vous aurez la bonté de m'excuser... » Il avait une belle moustache blanche et des sourcils broussailleux de la même couleur, et son visage rose était tout ridé. Il s'abritait sous un parapluie qu'il tenait haut au-dessus de sa tête.

« Oui ? a fait ma mère, d'un ton très froid et distant.

— Je ne sais si je pourrais me permettre de vous demander un petit service, a-t-il repris. Il ne s'agit que d'un tout petit service. »

J'ai vu ma mère le dévisager alors d'un air méfiant. Il faut dire que maman est quelqu'un de très soupçonneux. Elle se méfie en particulier de deux choses : les hommes qu'elle ne connaît pas et les œufs à la coque[1].

---

1. *Boiled* : bouilli, cuit à l'eau.

When she cuts the top off a boiled egg, she pokes around inside it with her spoon as though expecting to find a mouse or something. With strange men, she has a golden rule which says, "The nicer the man seems to be, the more suspicious you must become." This little old man was particularly nice. He was polite. He was well-spoken. He was well-dressed. He was a real gentleman. The reason I knew he was a gentleman was because of his shoes. "You can always spot a gentleman by the shoes he wears," was another of my mother's favourite sayings. This man had beautiful brown shoes.

"The truth of the matter is," the little man was saying, "I've got myself into a bit of a scrape. I need some help. Not much, I assure you. It's almost nothing, in fact, but I do need it. You see, madam, old people like me often become terribly forgetful..."

My mother's chin was up and she was staring down at him along the full length of her nose. It is a fearsome thing, this frosty-nosed stare of my mother's. Most people go to pieces completely when she gives it to them.

Quand elle coupe la partie supérieure d'un œuf à la coque, elle explore minutieusement l'intérieur en y plongeant sa petite cuiller, comme si elle s'attendait à y trouver une souris ou je ne sais quoi. Pour ce qui est des inconnus, elle s'en tient à la règle d'or suivante : «Plus l'homme paraît aimable et bien élevé, plus tu as intérêt à rester sur tes gardes.» Or, ce petit vieillard se montrait remarquablement bien élevé. Il était d'une grande politesse. Il s'exprimait en termes choisis. Il portait des vêtements élégants. C'était un vrai gentleman. Ça, je l'ai reconnu surtout à ses souliers. «Pour savoir si un homme est un gentleman, il suffit de regarder ses souliers», se plaisait à affirmer ma mère[1]. Eh bien, ce monsieur avait de superbes souliers de cuir marron.

«Pour vous parler en toute franchise, disait le petit vieillard, je me suis mis quelque peu dans l'embarras et en ce moment j'ai besoin d'aide. Oh, pas grand-chose, je vous assure. En fait, ce n'est presque rien, mais j'en ai réellement besoin. Voyez-vous, madame, les personnes âgées comme moi deviennent souvent terriblement distraites…»

Ma mère, le menton levé, le nez pincé, l'observait froidement de toute sa hauteur. C'est quelque chose d'effrayant, ce regard glacial et hautain dont ma mère est capable. La plupart des gens perdent complètement leurs moyens lorsqu'elle leur fait ce coup-là.

---

1. *Saying* : adage.

I once saw my own headmistress begin to stammer and simper like an idiot when my mother gave her a really foul frosty-noser. But the little man on the pavement with the umbrella over his head didn't bat an eyelid. He gave a gentle smile and said, "I beg you to believe, madam, that I am not in the habit of stopping ladies in the street and telling them my troubles."

"I should hope not," my mother said.

I felt quite embarrassed by my mother's sharpness. I wanted to say to her, "Oh, mummy, for heaven's sake, he's a very very old man, and he's sweet and polite, and he's in some sort of trouble, so don't be so beastly to him." But I didn't say anything.

The little man shifted his umbrella from one hand to the other. "I've never forgotten it before," he said.

"You've never forgotten what?" my mother asked sternly.

"My wallet," he said. "I must have left it in my other jacket. Isn't that the silliest thing to do?"

"Are you asking me to give you money?" my mother said.

Une fois j'ai même vu la directrice de mon école se mettre à bégayer et à faire des minauderies comme une idiote quand maman lui a décoché un de ces coups d'œil affreusement méchants. Mais le petit bonhomme debout sur le trottoir avec son parapluie n'a pas sourcillé[1]. Avec un sourire exquis, il a continué : « Je vous prie de croire, madame, qu'il n'est pas dans mes habitudes d'aborder les dames au beau milieu de la rue pour leur raconter mes ennuis.

— J'espère bien que non », a répliqué ma mère.

Je me sentais extrêmement gênée par la brusquerie de son attitude. J'avais envie de lui dire : « Oh, maman, pour l'amour du ciel, c'est un très très vieux monsieur, il est gentil et distingué, et il a sûrement un problème, alors arrête de le traiter comme un chien[2] ! » Mais j'ai gardé le silence.

Le petit bonhomme a changé de main pour tenir son parapluie. « Jamais encore je ne l'ai oublié, a-t-il articulé.

— Oublié quoi ? a questionné sèchement ma mère.

— Mon portefeuille. J'ai dû le laisser dans mon autre veste. C'est vraiment stupide[3] de ma part, vous ne trouvez pas ?

— Auriez-vous l'intention de me demander de l'argent ? a dit ma mère.

---

1. *Eyelid* : paupière ; *He didn't bat an eyelid* : il n'a pas sourcillé, il n'a pas bronché.
2. *Beastly* : bestial, brutal, infect.
3. *The silliest thing* : la chose la plus stupide.

"Oh, good gracious me, no!" he cried. "Heaven forbid I should ever do that!"

"Then what *are* you asking?" my mother said. "Do hurry up. We're getting soaked to the skin standing here."

"I know you are," he said. "And that is why I'm offering you this umbrella of mine to protect you, and to keep forever, if... if only..."

"If only what?" my mother said.

"If only you would give me in return a pound for my taxi-fare just to get me home."

My mother was still suspicous. "If you had no money in the first place," she said, "then how did you get here?"

"I walked," he answered. "Every day I go for a lovely long walk and then I summon a taxi to take me home. I do it every day of the year."

"Why don't you walk home now?" my mother asked.

"Oh, I wish I could," he said. "I do wish I could. But I don't think I could manage it on these silly old legs of mine. I've gone too far already."

— Oh, que non, grands dieux! s'est-il exclamé. Le ciel m'en préserve! Pour rien au monde je ne ferais une chose pareille!

— Alors qu'est-ce que vous demandez donc? a repris ma mère. Allons, dépêchez-vous! Nous serons bientôt trempées jusqu'aux os[1], à rester plantées là sous cette pluie!

— Je le sais bien, a-t-il dit. Et c'est pourquoi je vous propose mon parapluie pour vous abriter. Vous pourrez le garder définitivement, si… si seulement…

— Si seulement quoi? a demandé ma mère.

— Si seulement vous voulez bien me donner une livre en échange, afin que je puisse prendre un taxi[2] pour rentrer chez moi. »

Ma mère se méfiait toujours. « Puisque vous n'aviez pas d'argent au départ, a-t-elle déclaré, comment êtes-vous arrivé ici?

— Je suis venu à pied, a-t-il répondu. Chaque jour je fais une bonne promenade de plusieurs kilomètres, et j'appelle un taxi pour rentrer chez moi. C'est mon exercice quotidien, toute l'année.

— Dans ce cas, pourquoi ne rentrez-vous pas chez vous à pied maintenant? a demandé ma mère.

— Oh, j'aimerais pouvoir le faire, a-t-il dit. Sincèrement, j'aimerais beaucoup. Mais je ne pense pas que mes pauvres vieilles jambes me le permettraient. Je suis déjà allé trop loin. »

---

1. *Skin*: peau.
2. *Taxi-fare*: prix de la course.

My mother stood there chewing her lower lip. She was beginning to melt a bit, I could see that. And the idea of getting an umbrella to shelter under must have tempted her a good deal.

"It's a lovely umbrella," the little man said.

"So I've noticed," my mother said.

"It's silk," he said.

"I can see that."

"Then why don't you take it, madam," he said. "It cost me over twenty pounds, I promise you. But that's of no importance so long as I can get home and rest these old legs of mine."

I saw my mother's hand feeling for the clasp on her purse. She saw me watching her. I was giving her one of my *own* frosty-nosed looks this time and she knew exactly what I was telling her. Now listen, mummy, I was telling her, you simply *mustn't* take advantage of a tired old man in this way. It's a rotten thing to do. My mother paused and looked back at me. Then she said to the little man, "I don't think it's quite right that I should take a silk umbrella from you worth twenty pounds. I think I'd just better *give* you the taxi-fare and be done with it."

"No, no, no!" he cried. "It's out of the question! I wouldn't dream of it! Not in a million years! I would never accept money from you like that!

Ma mère s'est mordillé un moment la lèvre inférieure. Elle commençait à s'attendrir, je le voyais nettement. Et l'idée de se procurer ainsi un parapluie pour s'abriter n'était sans doute pas pour lui déplaire.

«C'est un fort beau parapluie, a dit le petit bonhomme.

— Je l'ai remarqué, en effet, a répliqué ma mère.

— En popeline de soie, a-t-il ajouté.

— Je vois, je vois.

— Alors pourquoi ne le prenez-vous pas, madame? dit-il. Il m'a coûté plus de vingt livres, je vous en donne ma parole. Mais cela n'a aucune importance, du moment que je peux rentrer à la maison reposer mes pauvres vieilles jambes.»

J'ai vu la main de ma mère s'approcher du fermoir de son sac à main. Elle a senti que je l'observais. Je lui lançais un de mes *propres* regards froids et hautains cette fois, et elle savait exactement ce que je lui indiquais par là. Allons, écoute, maman, lui disais-je, tu n'as tout simplement *pas le droit* de profiter comme cela d'un vieillard à bout de forces. C'est vraiment trop moche. Ma mère s'est arrêtée et m'a regardée à son tour. Puis elle a dit au petit bonhomme : «Je crois qu'il ne serait pas tout à fait juste que je vous prenne un parapluie en soie d'une valeur de vingt livres. Je vais vous *donner* de l'argent pour votre taxi, et n'en parlons plus.

— Non, non, non! s'est-il écrié. C'est hors de question! Jamais de la vie! En aucun cas je ne supporterais d'accepter ainsi de l'argent de vous!

Take the umbrella, dear lady, and keep the rain off your shoulders!"

My mother gave me a triumphant sideways look. There you are, she was telling me. You're wrong. He *wants* me to have it.

She fished into the purse and took out a pound note. She held it out to the little man. He took it and handed her the umbrella. He pocketed the pound, raised his hat, gave a quick bow from the waist, and said, "Thank you, madam, thank you." Then he was gone.

"Come under here and keep dry, darling," my mother said. "Aren't we lucky. I've never had a silk umbrella before. I couldn't afford it."

"Why were you so horrid to him in the beginning?" I asked.

"I wanted to satisfy myself he wasn't a trickster," she said. "And I did. He was a gentleman. I'm very pleased I was able to help him."

"Yes, mummy," I said.

"A *real* gentleman," she went on. "Wealthy, too, otherwise he wouldn't have had a silk umbrella. I shouldn't be surprised if he isn't a titled person. Sir Harry Goldsworthy or something like that."

"Yes, mummy."

"This will be a good lesson to you," she went on. "Never rush things.

Prenez le parapluie, chère madame, et mettez-vous vite à l'abri ! »

Ma mère m'a jeté triomphalement un regard de côté. Et voilà, me disait-elle. Tu te trompais. Il *veut* me le donner.

Elle a plongé la main dans son sac et en a sorti un billet d'une livre. Elle l'a tendu au petit bonhomme, qui l'a pris et lui a remis le parapluie. Il a empoché le billet, a soulevé son chapeau en exécutant une rapide courbette[1], et a dit : « Merci, madame, merci. » Ensuite il est parti.

« Viens donc en dessous pour être au sec, ma chérie, a déclaré ma mère. Quelle chance, hein ? Jamais encore je n'avais eu de parapluie en soie. C'était trop luxueux pour moi.

— Pourquoi t'es-tu conduite de manière aussi abominable envers lui au début ? ai-je demandé.

— Je tenais à m'assurer que ce n'était pas un escroc, a-t-elle répondu. Et j'ai bien fait. C'était un gentleman. Je suis très contente d'avoir pu l'aider.

— Oui, maman, ai-je dit.

— Un *authentique* gentleman, a-t-elle poursuivi. Et riche, par-dessus le marché, autrement il n'aurait pas eu un parapluie en soie. Je ne serais pas surprise que ce soit un noble. Sir Harry Goldsworthy, ou quelque chose de ce genre.

— Oui, maman.

— À l'avenir, tu pourras suivre mon bon exemple, a-t-elle continué. Il ne faut jamais te hâter.

1. *The waist* : la taille.

Always take your time when you are summing someone up. Then you'll never make mistakes."

"There he goes," I said. "Look."

"Where?"

"Over there. He's crossing the street. Goodness, mummy, what a hurry he's in."

We watched the little man as he dodged nimbly in and out of the traffic. When he reached the other side of the street, he turned left, walking very fast.

"He doesn't look very tired to me, does he to you, mummy?"

My mother didn't answer.

"He doesn't look as though he's trying to get a taxi, either," I said.

My mother was standing very still and stiff, staring across the street at the little man. We could see him clearly. He was in a terrific hurry. He was bustling along the pavement, sidestepping the other pedestrians and swinging his arms like a soldier on the march.

"He's up to something," my mother said, stony-faced.

"But what?"

"I don't know," my mother snapped. "But I'm going to find out. Come with me." She took my arm and we crossed the street together. Then we turned left.

"Can you see him?" my mother asked.

Prends toujours largement ton temps pour savoir à qui tu as affaire. Comme cela, tu ne commettras pas d'erreurs.

— Tiens, le revoilà, ai-je dit. Regarde !

— Où ?

— Là-bas. Il traverse la rue. Mon Dieu, maman, comme il a l'air pressé ! »

Nous avons observé le petit bonhomme qui se faufilait avec agilité au milieu de la circulation. Quand il a atteint l'autre trottoir, il a tourné à gauche et s'est mis à marcher très vite.

« Il ne me paraît pas si fatigué que ça, qu'est-ce que tu en penses, maman ? »

Ma mère n'a pas répondu.

« Et il ne semble pas non plus tellement préoccupé de trouver un taxi », ai-je remarqué.

Ma mère, immobile et raide comme un piquet, regardait fixement notre petit bonhomme de l'autre côté de la rue. Nous pouvions le voir distinctement. Il avançait à toute allure. Avec une énergie formidable, il avançait à toute allure sur le trottoir, évitant les autres piétons et balançant les bras comme un soldat qui marche au pas cadencé.

« Il a une idée en tête, a déclaré ma mère, le visage de marbre.

— Mais quoi ?

— Je n'en sais rien, a-t-elle dit d'un ton cassant. Mais je ne vais pas tarder à trouver. Viens avec moi. » Elle m'a pris le bras et nous avons traversé la rue ensemble. Puis nous avons tourné à gauche.

« Tu le vois ? a demandé ma mère.

"Yes. There he is. He's turning right down the next street."

We came to the corner and turned right. The little man was about twenty yards ahead of us. He was scuttling along like a rabbit and we had to walk fast to keep up with him. The rain was pelting down harder than ever now and I could see it dripping from the brim of his hat on to his shoulders. But we were snug and dry under our lovely big silk umbrella.

"What *is* he up to?" my mother said.

"What if he turns round and sees us?" I asked.

"I don't care if he does," my mother said. "He lied to us. He said he was too tired to walk any further and he's practically running us off our feet! He's a barefaced liar! He's a crook!"

"You mean he's *not* a titled gentleman?" I asked.

"Be quiet," she said.

At the next crossing, the little man turned right again.

Then he turned left.

Then right.

"I'm not giving up now," my mother said.

"He's disappeared!" I cried. "Where's he gone?"

"He went in that door!" my mother said.

— Oui. Il est là-bas. Il tourne à droite au prochain croisement. »

Arrivées au coin, nous avons tourné à droite à notre tour. Le petit bonhomme se trouvait à une vingtaine de mètres[1] devant nous. Il filait comme un lapin, et nous devions marcher très vite pour ne pas nous laisser distancer. La pluie tombait maintenant plus fort que jamais, et je la voyais dégouliner du bord de son chapeau sur ses épaules. Mais nous, nous étions abritées et au sec sous notre beau et grand parapluie en soie.

« Que diable peut-il bien manigancer ? a dit ma mère.

— Et si par hasard il se retourne et qu'il nous aperçoit ? ai-je demandé.

— Cela m'est parfaitement égal, a-t-elle répliqué. Il nous a menti. Il a affirmé qu'il était trop fatigué pour marcher encore, et le voilà qui nous force à courir comme des dératées ! Cet individu n'est qu'un menteur éhonté ! C'est un escroc !

— Tu veux dire que ce n'est *pas* un gentleman ni un noble ? ai-je demandé.

— Tais-toi ! » a-t-elle soufflé.

Au croisement suivant, le petit bonhomme a tourné de nouveau à droite.

Puis il a tourné à gauche.

Puis encore à droite.

« Je n'abandonnerai pas, a dit ma mère.

— Il a disparu ! me suis-je écriée. Où est-il passé ?

— Il est entré par cette porte ! a dit ma mère.

---

1. *A yard* : 0,91 m.

"I saw him! Into that house! Great heavens, it's a pub!"

It was a pub. In big letters right across the front it said THE RED LION.

"You're not going in, are you, mummy?"

"No," she said. "We'll watch from outside."

There was a big plate-glass window along the front of the pub, and although it was a bit steamy on the inside, we could see through it very well if we went close.

We stood huddled together outside the pub window. I was clutching my mother's arm. The big raindrops were making a loud noise on our umbrella. "There he is," I said. "Over there."

The room we were looking into was full of people and cigarette smoke, and our little man was in the middle of it all. He was now without his hat or coat, and he was edging his way through the crowd towards the bar. When he reached it, he placed both hands on the bar itself and spoke to the barman. I saw his lips moving as he gave his order. The barman turned away from him for a few seconds and came back with a smallish tumbler filled to the brim with light brown liquid. The little man placed a pound note on the counter.

"That's my pound!" my mother hissed. "By golly, he's got a nerve!"

Je l'ai vu ! Dans cette maison ! Grands dieux, mais c'est un pub ! »

C'était effectivement un pub. Il y avait à la devanture une enseigne en grosses lettres qui disait AU LION ROUGE.

« Tu ne vas pas entrer, n'est-ce pas, maman ?

— Non, a-t-elle répondu. Nous regarderons de l'extérieur. »

Un long vitrage transparent occupait presque toute la façade du pub, et bien qu'il y eût un peu de buée du côté intérieur, nous pouvions très bien voir à travers en nous approchant.

Nous sommes restées serrées l'une contre l'autre près de cette fenêtre. Je serrais le bras de ma mère. De grosses gouttes tombaient sur notre parapluie avec un bruit retentissant. « Le voilà, ai-je dit. Là-bas. »

La salle que nous scrutions des yeux était pleine de monde et de fumée de cigarettes, et notre petit bonhomme semblait à son aise dans cette atmosphère. Il avait à présent enlevé son manteau et son chapeau, et il se frayait un chemin parmi la foule en direction du comptoir. Parvenu à destination, il a placé les deux mains sur le bar et adressé quelques mots au barman. J'ai vu ses lèvres remuer quand il a commandé sa consommation. Le barman s'est éloigné pendant quelques secondes, et il est revenu avec un petit verre rempli à ras bord d'un liquide de couleur ambrée. Le petit bonhomme a déposé un billet d'une livre sur le comptoir.

« Mais c'est ma livre, ça ! a sifflé ma mère. Ah, mince alors, il a un sacré culot !

"What's in the glass?" I asked.

"Whisky," my mother said. "Neat whisky."

The barman didn't give him any change from the pound.

"That must be a treble whisky," my mother said.

"What's a treble?" I asked.

"Three times the normal measure," she answered.

The little man picked up the glass and put it to his lips. He tilted it gently. Then he tilted it higher... and higher... and higher... and very soon all the whisky had disappeared down his throat in one long pour.

"That was a jolly expensive drink," I said.

"It's ridiculous!" my mother said. "Fancy paying a pound for something you swallow in one go!"

"It cost him more than a pound," I said. "It cost him a twenty-pound silk umbrella."

"So it did," my mother said. "He must be mad."

The little man was standing by the bar with the empty glass in his hand. He was smiling now, and a sort of golden glow of pleasure was spreading over his round pink face. I saw his tongue come out to lick the white moustache, as though searching for the last drop of that precious whisky.

— Qu'est-ce qu'il y a dans son verre? ai-je demandé.

— Du whisky, a-t-elle dit. Du whisky pur. »

Le barman ne lui a rendu aucune monnaie sur son billet d'une livre.

« Ce doit être un triple whisky, a déclaré ma mère.

— C'est quoi, un triple?

— Trois fois la dose normale », a-t-elle répondu.

Le petit bonhomme a soulevé le verre et l'a porté à ses lèvres. Il l'a incliné doucement, puis plus haut... plus haut... encore plus haut... et bientôt tout le whisky a disparu au fond de sa gorge d'un seul coup.

« Eh bien, voilà un rafraîchissement qui lui a coûté rudement cher, ai-je dit.

— C'est ridicule ! a renchéri ma mère. Imagine un peu : payer une livre pour quelque chose qu'on avale d'un trait !

— Ça lui a coûté plus d'une livre, ai-je observé. Ça lui a coûté un beau parapluie en soie qui vaut au moins vingt livres.

— Exactement, a dit ma mère. Il doit être fou ! »

Le petit bonhomme, toujours debout au comptoir, tenait à la main son verre vide. Il souriait à présent, et son visage rose et rond semblait littéralement rayonner de plaisir. J'ai vu sa langue sortir de sa bouche pour lécher sa moustache blanche, comme s'il cherchait à récupérer jusqu'à la dernière goutte de ce précieux whisky.

Slowly, he turned away from the bar and edged back through the crowd to where his hat and coat were hanging. He put on his hat. He put on his coat. Then, in a manner so superbly cool and casual that you hardly noticed anything at all, he lifted from the coat-rack one of the many wet umbrellas hanging there, and off he went.

"Did you see that!" my mother shrieked. "Did you see what he did!"

"Ssshh!" I whispered. "He's coming out!"

We lowered the umbrella to hide our faces, and peeped out from under it.

Out he came. But he never looked in our direction. He opened his new umbrella over his head and scurried off down the road the way he had come.

"So that's his little game!" my mother said.

"Neat," I said. "Super."

We followed him back to the main street where we had first met him, and we watched him as he proceeded, with no trouble at all, to exchange his new umbrella for another pound note. This time it was with a tall thin fellow who didn't even have a coat or hat. And as soon as the transaction was completed, our little man trotted off down the street and was lost in the crowd. But this time he went in the opposite direction.

Lentement, il s'est écarté du comptoir et s'est faufilé à travers la foule en direction de l'endroit où son chapeau et son manteau étaient accrochés. Il a mis son chapeau. Il a mis son manteau. Puis, d'un geste si superbement calme et décontracté qu'on ne pouvait pour ainsi dire pas le remarquer, il a pris dans le porte-parapluies l'un des nombreux parapluies mouillés qui s'y trouvaient, et il s'est dirigé vers la porte.

«Tu as vu ça! s'est écriée ma mère d'une voix stridente. Tu as vu ce qu'il a fait!

— Chut! ai-je murmuré. Le voilà qui sort!»

Nous avons incliné le parapluie pour dissimuler nos visages, tout en l'épiant à la dérobée par en dessous.

Il a franchi la porte, mais sans même jeter un regard de notre côté. Il a ouvert son nouveau parapluie au-dessus de sa tête, et s'est éloigné précipitamment dans la direction d'où il était arrivé.

«Voilà donc à quoi rime son petit manège! a dit ma mère.

— Rudement bien imaginé, ai-je répondu. Un truc extra!»

Nous l'avons suivi jusqu'à la grande artère où nous l'avions rencontré, et nous l'avons regardé échanger, sans le moindre problème, son nouveau parapluie contre un autre billet d'une livre. Cette fois il s'était adressé à un grand type dégingandé qui ne portait ni manteau ni chapeau. Sitôt la transaction effectuée, notre petit bonhomme s'est remis à trotter dans la rue, et n'a pas tardé à se perdre au milieu des passants. Mais il a pris soin de s'en aller dans le sens opposé.

"You see how clever he is!" my mother said. "He never goes to the same pub twice!"

"He could go on doing this all night," I said.

"Yes," my mother said. "Of course. But I'll bet he prays like mad for rainy days."

«Tu te rends compte à quel point il est malin ! s'est exclamée ma mère. Il ne va jamais deux fois au même pub !

— Il peut continuer à s'amuser comme ça toute la soirée, ai-je répondu.

— Oui, a dit ma mère. Bien sûr. Mais je parie qu'il prie de toutes ses forces pour qu'il pleuve souvent. »

Mr Botibol

Monsieur Botibol

Mr Botibol pushed his way through the revolving doors and emerged into the large foyer of the hotel. He took off his hat, and holding it in front of him with both hands, he advanced nervously a few paces, paused and stood looking around him, searching the faces of the lunchtime crowd. Several people turned and stared at him in mild astonishment, and he heard — or he thought he heard — at least one woman's voice saying, "My dear, *do* look what's just come in!"

At last he spotted Mr Clements sitting at a small table in the far corner, and he hurried over to him. Clements had seen him coming, and now, as he watched Mr Botibol threading his way cautiously between the tables and the people, walking on his toes in such a meek and self-effacing manner and clutching his hat before him with both hands, he thought how wretched it must be for any man to look as conspicuous and as odd as this Botibol.

M. Botibol poussa la lourde porte à tambour et se retrouva dans le vaste hall d'entrée de l'hôtel. Il ôta son chapeau et, le tenant à deux mains contre sa poitrine, il avança nerveusement de quelques pas ; il s'arrêta pour regarder autour de lui, examinant les visages des clients assez nombreux qui attendaient l'heure du déjeuner. Plusieurs personnes tournèrent la tête et le contemplèrent avec un certain étonnement. Il entendit même — ou du moins il crut entendre — une voix de femme qui disait : « Oh, ma chère ! Jetez *donc* un coup d'œil à ce type qui vient d'entrer ! »

Enfin il repéra M. Clements, assis à une petite table dans le coin le plus reculé, et se hâta de le rejoindre. Clements l'avait vu arriver : il observa M. Botibol qui se frayait prudemment un chemin parmi les tables et les gens, marchant sur la pointe des pieds d'un air si humble et effacé, et serrant à deux mains son chapeau devant lui. Quel sort pitoyable pour un homme, songea-t-il alors, que d'être affligé d'un physique aussi singulier et bizarre que ce pauvre Botibol !

He resembled, to an extraordinary degree, an asparagus. His long narrow stalk did not appear to have any shoulders at all; it merely tapered upwards, growing gradually narrower and narrower until it came to a kind of point at the top of the small bald head. He was tightly encased in a shiny blue double-breasted suit, and this, for some curious reason, accentuated the illusion of a vegetable to a preposterous degree.

Clements stood up, they shook hands, and then at once, even before they had sat down again, Mr Botibol said, "I have decided, yes I have decided to accept the offer which you made to me before you left my office last night."

For some days Clements had been negotiating, on behalf of clients, for the purchase of the firm known as Botibol & Co., of which Mr Botibol was sole owner, and the night before, Clements had made his first offer. This was merely an exploratory, much-too-low bid, a kind of signal to the seller that the buyers were seriously interested. And by God, thought Clements, the poor fool has gone and accepted it. He nodded gravely many times in an effort to hide his astonishment, and he said, "Good, good. I'm so glad to hear that, Mr Botibol."

Il ressemblait, à un point extraordinaire, à une asperge. Son corps entier ne formait qu'une longue tige étroite, apparemment tout à fait dépourvue d'épaules ; sa silhouette s'amincissait simplement vers le haut, où la tige devenait de plus en plus fine, pour aboutir à une sorte de pointe au sommet du petit crâne chauve. Il était engoncé dans un complet bleu luisant, à veste croisée, et cela, pour Dieu sait quelle curieuse raison, accentuait jusqu'à l'absurde cette impression de légume qu'il donnait.

Clements se leva, ils échangèrent une poignée de main, puis aussitôt, avant même de s'asseoir, M. Botibol déclara : « J'ai décidé, oui, j'ai décidé d'accepter l'offre que vous m'avez faite avant de quitter mon bureau hier soir. »

Depuis quelques jours Clements négociait, pour le compte de tiers, le rachat de la firme connue sous le nom de Botibol & Cie, dont M. Botibol était l'unique propriétaire ; et la veille au soir Clements avait avancé une première proposition chiffrée. En fait il avait seulement voulu tâter le terrain, par une offre très inférieure à la valeur réelle, ce qui constituait une façon de signaler au vendeur que les acheteurs s'intéressaient sérieusement à l'affaire. Et sacré bon Dieu, se dit Clements, ce pauvre imbécile était tombé dans le panneau et avait accepté d'emblée ! Il acquiesça plusieurs fois, la mine grave, pour s'efforcer de dissimuler sa stupéfaction, et répondit : « Bien, bien. Je suis très content d'apprendre cette nouvelle, monsieur Botibol. »

Then he signalled a waiter and said, "Two large martinis."

"No, please!" Mr Botibol lifted both hands in horrified protest.

"Come on," Clements said. "This is an occasion."

"I drink very little, and never, no never during the middle of the day."

But Clements was in a gay mood now and he took no notice. He ordered the martinis and when they came along Mr Botibol was forced, by the banter and good-humour of the other, to drink to the deal which had just been concluded. Clements then spoke briefly about the drawing up and signing of documents, and when all that had been arranged, he called for two more cocktails. Again Mr Botibol protested, but not quite so vigorously this time, and Clements ordered the drinks and then he turned and smiled at the other man in a friendly way. "Well, Mr Botibol," he said, "now that it's all over, I suggest we have a pleasant non-business lunch together. What d'you say to that? And it's on me."

"As you wish, as you wish," Mr Botibol answered without any enthusiasm.

Puis il appela un serveur et dit : « Deux grands martinis[1].

— Oh non, je vous en prie ! s'exclama M. Botibol, levant les deux mains dans un geste de protestation horrifiée.

— Allons, allons, insista Clements. Il convient de fêter un pareil événement !

— Je ne bois que très peu, et jamais, au grand jamais, dans le courant de la journée ! »

Néanmoins Clements, désormais d'humeur fort joviale, ne tint pas compte de l'objection. Il commanda les martinis et, quand ceux-ci arrivèrent, M. Botibol fut contraint, par les plaisanteries et les sourires gouailleurs de l'autre, de boire en l'honneur de l'affaire qui venait de se conclure. Ensuite Clements parla brièvement de l'établissement et de la signature des documents et, une fois ces détails réglés, il appela le serveur pour une seconde tournée. De nouveau M. Botibol protesta, quoique avec un peu moins de vigueur cette fois. Clements commanda les cocktails, puis se tourna vers son interlocuteur en lui souriant de son air le plus affable. « Eh bien, monsieur Botibol, déclara-t-il, à présent que tout est en ordre, je suggère que nous prenions ensemble un agréable déjeuner bien détendu, où il ne sera plus question d'affaires. Qu'en dites-vous ? C'est moi qui vous l'offre.

— Comme vous voulez, comme vous voulez », répondit M. Botibol sans le moindre enthousiasme.

---

1. *Martini* : martini ou cocktail de gin et de martini blanc.

He had a small melancholy voice and a way of pronouncing each word separately and slowly, as though he was explaining something to a child.

When they went into the dining-room Clements ordered a bottle of Lafite 1912 and a couple of plump roast partridges to go with it. He had already calculated in his head the amount of his commission and he was feeling fine. He began to make bright conversation, switching smoothly from one subject to another in the hope of touching on something that might interest his guest. But it was no good. Mr Botibol appeared to be only half listening. Every now and then he inclined his small bald head a little to one side or the other and said, "Indeed." When the wine came along Clements tried to have a talk about that.

"I am sure it is excellent," Mr Botibol said, "but please give me only a drop."

Clements told a funny story. When it was over, Mr Botibol regarded him solemnly for a few moments, then he said, "How amusing." After that Clements kept his mouth shut and they ate in silence. Mr Botibol was drinking his wine and he didn't seem to object when his host reached over and refilled his glass. By the time they had finished eating, Clements estimated privately that his guest had consumed at least three-quarters of the bottle.

Il avait une petite voix mélancolique, et il articulait chaque mot distinctement et avec lenteur, comme s'il expliquait un problème à un enfant.

Lorsqu'ils furent installés dans la salle à manger, Clements commanda une bouteille de châteaulafite 1912 et, pour accompagner ce breuvage, deux beaux perdreaux rôtis bien dodus. Il avait déjà calculé mentalement le montant de sa commission, et il se sentait merveilleusement bien. Il entreprit d'animer brillamment la conversation, glissant avec légèreté d'un sujet à un autre dans l'espoir d'atteindre un centre d'intérêt qui passionnerait son invité. Cependant ses efforts restèrent vains. M. Botibol semblait n'écouter que d'une oreille. De temps en temps il inclinait légèrement sa petite tête chauve à droite ou à gauche et disait : «Oui, vous avez raison.» Quand le vin arriva, Clements tenta d'orienter la discussion de ce côté-là.

«Je suis persuadé qu'il est excellent, intervint M. Botibol, mais je vous en supplie, ne m'en donnez qu'une toute petite goutte.»

Clements lui raconta une histoire drôle. Lorsqu'il eut achevé, M. Botibol le contempla quelques instants d'un air solennel, puis articula : «Comme c'est amusant.» Après cela Clements ne dit plus un mot, et ils mangèrent en silence. M. Botibol buvait son vin, sans manifester d'opposition apparente quand son hôte tendait le bras pour lui remplir son verre. Au moment où ils terminaient leur repas, Clements estima en son for intérieur que son invité avait vidé au moins les trois quarts de la bouteille.

"A cigar, Mr Botibol?"

"Oh no, thank you."

"A little brandy?"

"No really, I am not accustomed..." Clements noticed that the man's cheeks were slightly flushed and that his eyes had become bright and watery. Might as well get the old boy properly drunk while I'm about it, he thought, and to the waiter he said, "Two brandies."

When the brandies arrived, Mr Botibol looked at his large glass suspiciously for a while, then he picked it up, took one quick birdlike sip and put it down again. "Mr Clements," he said suddenly, "how I envy you."

"Me? But why?"

"I will tell you, Mr Clements, I will tell you, if I may make so bold." There was a nervous, mouse-like quality in his voice which made it seem he was apologizing for everything he said.

"Please tell me," Clements said.

"It is because to me you appear to have made such a success of your life."

He's going to get melancholy drunk, Clements thought. He's one of the ones that gets melancholy and I can't stand it. "Success," he said, "I don't see anything especially successful about me."

« Un cigare, monsieur Botibol ?

— Oh non, merci.

— Un petit cognac ?

— Non, sincèrement, je n'ai pas l'habitude... »
Clements remarqua que les joues de l'homme
avaient un peu rougi, et que ses yeux étaient lui-
sants et humides. Pendant que j'y suis, songea-t-il,
autant le soûler pour de bon, ce pauvre vieux.
« Deux cognacs ! » lança-t-il à l'adresse du garçon.

Quand les cognacs furent servis, M. Botibol
regarda son grand verre d'un œil soupçonneux
durant un moment ; puis il le souleva, but rapidement une gorgée minuscule, et le reposa.
« Monsieur Clements, dit-il tout à coup, si vous
saviez comme je vous envie !

— Moi ? Mais pourquoi ?

— Je vais vous le dire, monsieur Clements, je
vais vous le dire, si je puis me permettre une telle
audace. » Il parlait sur un ton nerveux et craintif[1],
comme s'il s'excusait de chaque mot qu'il pro-
nonçait.

« Je vous en prie, expliquez-moi, dit Clements.

— C'est parce qu'à mon sens vous avez fait de
votre vie une telle réussite. »

Ça y est, le voilà qui sombre dans la morosité,
pensa Clements. Encore un de ces types qui ont
le vin triste, et j'ai horreur de ça. « Une réussite ?
répondit-il. Je ne vois pas quels succès particuliers
j'aurais pu remporter.

1. *Mouselike* : comme une souris.

"Oh yes, indeed. Your whole life, if I may say so, Mr Clements, appears to be such a pleasant and successful thing."

"I'm a very ordinary person," Clements said. He was trying to figure just how drunk the other really was.

"I believe," said Mr Botibol, speaking slowly, separating each word carefully from the other, "I believe that the wine has gone a little to my head, but..." He paused, searching for words. "... But I do want to ask you just one question." He had poured some salt on to the tablecloth and he was shaping it into a little mountain with the tip of one finger.

"Mr Clements," he said without looking up, "do you think that it is possible for a man to live to the age of fifty-two without ever during his whole life having experienced one single small success in anything that he has done?"

"My dear Mr Botibol," Clements laughed, "everyone has his little successes from time to time, however small they may be."

"Oh no," Mr Botibol said gently. "You are wrong. I, for example, cannot remember having had a single success of any sort during my whole life."

"Now come!" Clements said, smiling, "That can't be true. Why only this morning you sold your business for a hundred thousand. I call that one hell of a success."

"The business was left me by my father.

— Oh, mais si, je vous assure. Votre vie entière, si j'ose m'exprimer ainsi, monsieur Clements, m'apparaît comme une chose tellement agréable et réussie !

— Je suis quelqu'un de très ordinaire, vous savez, répliqua Clements, qui essayait de deviner jusqu'à quel point l'autre était vraiment soûl.

— J'ai l'impression, reprit lentement M. Botibol, séparant avec soin chacun de ses mots, j'ai l'impression que le vin m'est un peu monté à la tête, mais... » Il s'interrompit, cherchant ce qu'il allait dire. « ... Mais je tiens à vous poser simplement une question. » Il avait versé un peu de sel sur la nappe, et à présent, du bout du doigt, il le rassemblait en un petit tas.

« Monsieur Clements, poursuivit-il sans lever les yeux, à votre avis est-il possible qu'un homme vive jusqu'à l'âge de cinquante-deux ans sans jamais, au cours de toute son existence, avoir connu un seul petit succès en quelque domaine que ce soit ?

— Mon cher monsieur Botibol, fit Clements avec un rire aimable, tout le monde a ses petits succès de temps à autre, si infimes soient-ils.

— Oh non, répondit M. Botibol d'une voix douce. Vous vous trompez. Moi, par exemple, je ne me souviens pas d'avoir connu le moindre succès d'aucune sorte durant ma vie entière.

— Allons, allons ! dit Clements en souriant. Ce n'est sûrement pas vrai. Tenez, rien que ce matin vous venez de vendre votre affaire pour cent mille livres. Je trouve que c'est un succès formidable !

— Cette affaire m'a été laissée par mon père.

When he died nine years ago, it was worth four times as much. Under my direction it has lost three-quarters of its value. You can hardly call that a success."

Clements knew this was true. "Yes yes, all right," he said. "That may be so, but all the same you know as well as I do that every man alive has his quota of little successes. Not big ones maybe. But lots of little ones. I mean, after all, god-dammit, even scoring goal at school was a little success, a little triumph, at the time, or making some runs or learning to swim. One forgets about them, that's all. One just forgets."

"I never scored a goal," Mr Botibol said. "And I never learned to swim."

Clements threw up his hands and made exasperated noises. "Yes yes, I know, but don't you see, don't you see there are thousands, literally thousands of other things, things like... well... like catching a good fish, or fixing the motor of the car, or pleasing someone with a present, or growing a decent row of French beans, or winning a little bet or... or... why hell, one can go on listing them for ever!"

"Perhaps *you* can, Mr Clements, but to the best of my knowledge, I have never done any of those things. That is what I am trying to tell you."

Quand il est mort, il y a neuf ans, elle valait quatre fois plus. Sous ma direction, elle a perdu les trois quarts de sa valeur. On ne peut guère appeler cela une réussite. »

Clements savait que c'était la vérité. « Bon, bon, d'accord, admit-il. C'est bien possible, mais tout de même, vous en conviendrez avec moi, tout un chacun ici-bas a sa part de petits succès. Pas forcément de grands. Mais beaucoup de petits. Je veux dire, après tout, que diable, même marquer un but à l'école représentait un petit succès, un petit triomphe, à l'époque ; ou bien gagner une course, ou apprendre à nager. On oublie ces moments-là, voilà le problème. On les oublie, tout simplement.

— Je n'ai jamais marqué un but, déclara M. Botibol. Et je n'ai jamais appris à nager. »

Clements leva les deux mains et poussa quelques grognements exaspérés. « Oui, oui je comprends, mais ne voyez-vous pas, ne voyez-vous pas qu'il y a des milliers, littéralement des milliers d'autres choses... écoutez... pêcher un beau poisson, réparer le moteur de la voiture, faire plaisir à quelqu'un en lui offrant un cadeau, réussir dans son jardin une rangée de haricots verts présentables, ou gagner un petit pari, ou encore... enfin, bon sang, on peut continuer la liste à l'infini !

— Peut-être que *vous* le pouvez, monsieur Clements, mais à ma connaissance rien de ce que vous venez d'énumérer ne m'est jamais arrivé. C'est précisément ce que je m'efforce de vous faire comprendre. »

Clements put down his brandy glass and stared with new interest at the remarkable shoulderless person who sat facing him. He was annoyed and he didn't feel in the least sympathetic. The man didn't inspire sympathy. He was a fool. He must be a fool. A tremendous and absolute fool. Clements had a sudden desire to embarrass the man as much as he could. "What about women, Mr Botibol?" There was no apology for the question in the tone of his voice.

"Women?"

"Yes women! Every man under the sun, even the most wretched filthy down-and-out tramp has some time or other had some sort of silly little success with..."

"Never!" cried Mr Botibol with sudden vigour. "No sir, never!"

I'm going to hit him, Clements told himself. I can't stand this any longer and if I'm not careful I'm going to jump right up and hit him. "You mean you don't like them?" he said.

"Oh dear me yes, of course I like them. As a matter of fact I admire them very much, very much indeed. But I'm afraid... oh dear me... I do not know quite how to say it...

Clements déposa son verre de cognac, et fixa des yeux avec un intérêt nouveau ce remarquable personnage dépourvu d'épaules qui se tenait assis en face de lui. Il se sentait contrarié, et n'éprouvait pas la moindre compassion à l'égard de son interlocuteur. Cet homme n'inspirait pas la sympathie. C'était un crétin, voilà tout. Il ne pouvait en être autrement. Un crétin fantastique, le type même du crétin absolu. Soudain Clements ne résista pas au désir de le plonger dans le plus grand embarras possible. «Et les femmes, monsieur Botibol?» Il posa la question sans aucune nuance d'excuse dans la voix.

«Les femmes?

— Eh oui, les femmes! Chaque homme de par le vaste monde[1], même le clochard le plus misérable, le plus crasseux et le plus démuni a connu un jour ou l'autre je ne sais quel stupide petit succès avec les...

— Jamais! s'écria M. Botibol avec une brusque vigueur. Non, monsieur, jamais!»

Je vais lui flanquer mon poing dans la figure, songea Clements. J'en ai assez de cette conversation, et si je ne me surveille pas je vais lui sauter dessus et lui flanquer un bon coup de poing. «Vous voulez dire que vous ne les aimez pas? s'enquit-il.

— Oh mon Dieu si, bien sûr que je les aime. En fait je les admire beaucoup, énormément même, je vous assure. Mais je crains... Oh mon Dieu... Je ne sais pas vraiment comment vous expliquer...

---

1. *Under the sun*: (mot à mot) sous le soleil.

I am afraid that I do not seem to get along with them very well. I never have. Never. You see, Mr Clements, I *look* so queer. I know I do. They stare at me, and often I see them laughing at me. I have never been able to get within… well, within striking distance of them, as you might say." The trace of a smile, weak and infinitely sad, flickered around the corners of his mouth.

Clements had had enough. He mumbled something about how he was sure Mr Botibol was exaggerating the situation, then he glanced at his watch, called for the bill, and said he was sorry but he would have to get back to the office.

They parted in the street outside the hotel and Mr Botibol took a cab back to his house. He opened the front door, went into the living-room and switched on the radio; then he sat down in a large leather chair, leaned back and closed his eyes. He didn't feel exactly giddy, but there was a singing in his ears and his thoughts were coming and going more quickly than usual. That solicitor gave me too much wine, he told himself. I'll stay here for a while and listen to some music and I expect I'll go to sleep and after that I'll feel better.

Je crains qu'apparemment il ne me soit guère facile de m'entendre avec elles. Cela ne s'est jamais produit. Jamais. Voyez-vous, monsieur Clements, je suis affublé d'un *tel physique*. Je m'en rends compte parfaitement. Elles me regardent avec des yeux ronds, et souvent je les vois rire de moi. Je n'ai jamais pu m'en approcher, enfin… suffisamment si on peut dire. » L'ombre d'un sourire, faible et infiniment triste, erra un instant aux commissures de ses lèvres.

Clements en avait par-dessus la tête. Il marmonna quelques mots pour indiquer à M. Botibol qu'il exagérait certainement la situation, puis il jeta un coup d'œil à sa montre, demanda l'addition, et dit qu'il était désolé mais qu'il devait retourner au bureau.

Ils se séparèrent dans la rue, devant l'hôtel, et M. Botibol prit un taxi pour rentrer chez lui. Il ouvrit la porte principale, s'avança dans la salle de séjour et alluma la radio ; ensuite il s'assit dans un grand fauteuil en cuir, se renversa en arrière et ferma les yeux. Il n'avait pas réellement la tête qui tournait, mais ses oreilles bourdonnaient agréablement, et ses pensées allaient et venaient à un rythme plus rapide que de coutume. Cet homme d'affaires m'a donné trop de vin, se dit-il. Je vais rester ici un moment, à écouter de la musique, et puis je suppose que je vais faire un somme ; après quoi je me sentirai mieux.

They were playing a symphony on the radio. Mr Botibol had always been a casual listener to symphony concerts and he knew enough to identify this as one of Beethoven's. But now, as he lay back in his chair listening to the marvellous music, a new thought began to expand slowly within his tipsy mind. It wasn't a dream because he was not asleep. It was a clear conscious thought and it was this : I am the composer of this music. I am a great composer. This is my latest symphony and this is the first performance. The huge hall is packed with people — critics, musicians and music-lovers from all over the country — and I am up there in front of the orchestra, conducting.

Mr Botibol could see the whole thing. He could see himself up on the rostrum dressed in a white tie and tails, and before him was the orchestra, the massed violins on his left, the violas in front, the cellos on his right, and back of them were all the woodwinds and bassoons and drums and cymbals, the players watching every movement of his baton with an intense, almost a fanatical reverence. Behind him, in the half-darkness of the huge hall,

La radio diffusait une symphonie. Depuis toujours, M. Botibol écoutait de temps en temps des concerts symphoniques, et il s'y connaissait assez pour identifier le morceau en question comme une symphonie de Beethoven. Mais à présent, alors qu'il était confortablement installé dans son fauteuil et prêtait l'oreille à cette musique merveilleuse, une idée nouvelle se mettait à envahir lentement son esprit embrumé par l'alcool. Il ne s'agissait pas d'un rêve, car il ne dormait pas. C'était une pensée claire et consciente, et elle disait : c'est moi qui ai composé cette musique. Je suis un grand compositeur. Ceci est la dernière-née de mes symphonies, et j'en donne la première exécution mondiale. L'immense salle de concert est pleine à craquer — de critiques, de musiciens et de mélomanes venus des quatre coins du pays — et je suis là, debout face à l'orchestre que je dirige.

M. Botibol voyait parfaitement la scène. Il était monté sur le petit podium, en queue-de-pie et nœud papillon blanc ; devant lui se trouvait l'orchestre, la masse des violons sur sa gauche, les altos en face et les violoncelles à droite, tandis que plus loin s'alignaient les instruments à vent, les bassons, les timbales et les cymbales : tous les exécutants observaient les moindres mouvements de sa baguette avec une vénération intense, presque fanatique. Derrière lui, dans la demi-obscurité de la vaste salle,

was row upon row of white enraptured faces, looking up towards him, listening with growing excitement as yet another new symphony by the greatest composer the world had ever seen unfolded itself majestically before them. Some of the audience were clenching their fists and digging their nails into the palms of their hands because the music was so beautiful that they could hardly stand it. Mr Botibol became so carried away by this exciting vision that he began to swing his arms in time with the music in the manner of a conductor. He found it was such fun doing this that he decided to stand up, facing the radio, in order to give himself more freedom of movement.

He stood there in the middle of the room, tall, thin and shoulderless, dressed in his tight blue double-breasted suit, his small bald head jerking from side to side as he waved his arms in the air. He knew the symphony well enough to be able occasionally to anticipate changes in tempo or volume, and when the music became loud and fast he beat the air so vigorously that he nearly knocked himself over, when it was soft and hushed, he leaned forward to quieten the players with gentle movements of his outstretched hands, and all the time he could feel the presence of the huge audience behind him, tense, immobile, listening. When at last the symphony swelled to its tremendous conclusion,

il devinait les rangées et les rangées de visages extasiés, les yeux levés vers lui : le public écoutait avec une excitation croissante se déployer majestueusement cette nouvelle symphonie du plus grand compositeur que la terre eût jamais porté. Certains des assistants avaient les poings serrés, et enfonçaient les ongles dans leurs paumes, parce que la musique était si belle qu'ils pouvaient à peine la supporter. M. Botibol fut tellement transporté par cette vision enthousiasmante qu'il commença à agiter les bras au rythme de la musique, à la manière d'un chef d'orchestre. Il trouva cela si amusant qu'il décida de se lever et de se tourner vers le poste de radio, afin d'avoir plus de liberté dans ses mouvements.

Il demeura ainsi debout au milieu de la pièce, dressant sa haute silhouette efflanquée dépourvue d'épaules, engoncé dans son complet bleu à veste croisée, avec sa petite tête chauve qui ballottait vivement de droite à gauche tandis qu'il remuait les bras dans l'air. Il connaissait la symphonie assez bien pour prévoir de temps à autre les changements de tempo ou de nuance, et lorsque la musique se faisait forte et rapide il battait l'air si vigoureusement qu'il risquait parfois de tomber à la renverse ; quand elle était douce et calme, il se penchait en avant pour apaiser, par de légers ondoiements de ses mains étendues, l'énergie de ses musiciens ; et tout au long il sentit derrière lui la présence de la salle archicomble, tendue, immobile, qui écoutait. Au moment où enfin la symphonie s'amplifia et parvint à son époustouflante conclusion,

Mr Botibol became more frenzied than ever and his face seemed to thrust itself round to one side in an agony of effort as he tried to force more and still more power from his orchestra during those final mighty chords.

Then it was over. The announcer was saying something, but Mr Botibol quickly switched off the radio and collapsed into his chair, blowing heavily.

"Phew!" he said aloud. "My goodness gracious me, what *have* I been doing!" Small globules of sweat were oozing out all over his face and forehead, trickling down his neck inside his collar. He pulled out a handkerchief and wiped them away, and he lay there for a while, panting, exhausted, but exceedingly exhilarated.

"Well, I must say," he gasped, still speaking aloud, "that *was* fun. I don't know that I have ever had such fun before in all my life. My goodness, it *was* fun, it really *was*!" Almost at once he began to play with the idea of doing it again. But should he? Should he allow himself to do it again? There was no denying that now, in retrospect, he felt a little guilty about the whole business, and soon he began to wonder whether there wasn't something downright immoral about it all. Letting himself go like that! And imagining he was a genius! It was wrong. He was sure other people didn't do it.

M. Botibol devint plus frénétique que jamais, et son visage parut se tordre complètement d'un côté dans un effort extrême pour exiger encore plus de puissance de la part de son orchestre durant ces énormes accords finaux.

Puis ce fut terminé. Le présentateur se mit à parler, mais M. Botibol éteignit la radio d'un geste vif et s'écroula dans son fauteuil, haletant lourdement.

«Pfouh! dit-il à voix haute. Mon Dieu, mon Dieu, ça alors, quel événement, que m'est-il *arrivé*?» Des gouttelettes de sueur perlaient partout sur son front et sur ses joues, dégoulinant le long de son cou jusque sous son col de chemise. Il sortit un mouchoir et s'épongea, puis resta un moment sans bouger, le souffle court, exténué, mais fantastiquement réjoui.

«Eh bien, fit-il tout haut, d'une voix entrecoupée, je dois dire que je me suis vraiment beaucoup amusé. Je ne me rappelle pas avoir connu un tel plaisir de toute ma vie. Mon Dieu, comme c'était amusant, réellement amusant!» Presque aussitôt il se surprit à caresser l'idée de recommencer. Mais le fallait-il? Pouvait-il se permettre de répéter ce manège? Il était indéniable que, rétrospectivement, il ressentait maintenant une vague culpabilité à propos de toute cette affaire, et il ne tarda pas à se demander s'il n'y avait pas là quelque chose de complètement immoral. Se laisser aller comme cela! Et s'imaginer qu'il était un génie! Voilà qui représentait une grave erreur. Il était sûr que ses semblables ne se livraient en aucun cas à de telles extravagances.

And what if Mason had come in in the middle and seen him at it! That would have been terrible!

He reached for the paper and pretended to read it, but soon he was searching furtively among the radio programmes for the evening. He put his finger under a line which said "8.30 Symphony Concert. Brahms Symphony No. 2". He stared at it for a long time. The letters in the word "Brahms" began to blur and recede, and gradually they disappeared altogether and were replaced by letters which spelt "Botibol". Botibol's Symphony No. 2. It was printed quite clearly. He was reading it now, this moment. "Yes, yes," he whispered. "First performance. The world is waiting to hear it. Will it be as great, they are asking, will it perhaps be greater than his earlier work? And the composer himself has been persuaded to conduct. He is shy and retiring, hardly ever appears in public, but on this occasion he has been persuaded..."

Mr Botibol leaned forward in his chair and pressed the bell beside the fireplace. Mason, the butler, the only other person in the house, ancient, small and grave, appeared at the door.

Et si par malheur Mason était entré dans la pièce au beau milieu de son numéro? Les conséquences auraient été épouvantables!

Il tendit le bras pour prendre le journal et fit mine de le lire, mais très vite il se retrouva en train de chercher furtivement parmi les programmes radiophoniques ce que l'on donnait ce soir. Il plaça l'index sous une ligne qui disait: «20 h 30, Concert symphonique. Symphonie n° 2 de Brahms.» Il garda longuement les yeux rivés sur cette annonce. Les lettres du mot «Brahms» commencèrent à se brouiller et à s'estomper peu à peu, pour finir par disparaître complètement; elles furent remplacées par d'autres lettres qui disaient «Botibol». Symphonie n° 2 de Botibol. C'était imprimé, là, noir sur blanc. Il le lisait en ce moment précis. «Oui, oui, murmura-t-il. Première exécution publique. Le monde entier attend avec impatience de l'entendre. Sera-t-elle aussi splendide, se demandent-ils, ou peut-être encore plus splendide que son œuvre précédente? Et le compositeur lui-même a accepté, malgré ses réticences, de diriger l'orchestre. C'est un homme d'un naturel timide, qui mène une existence retirée et n'apparaît pratiquement jamais en public, mais à cette occasion ses amis sont parvenus à le persuader...»

M. Botibol se pencha en avant dans son fauteuil et pressa la sonnette installée à côté de la cheminée. Mason, le maître d'hôtel, l'unique autre habitant de la maison, petit homme très âgé et solennel, apparut à la porte.

"Er... Mason, have we any wine in the house?"

"Wine, sir?"

"Yes, wine."

"Oh no, sir. We haven't had any wine this fifteen or sixteen years. Your father, sir..."

"I know, Mason, I know, but will you get some please. I want a bottle with my dinner."

The butler was shaken. "Very well, sir, and what shall it be?"

"Claret, Mason. The best you can obtain. Get a case. Tell them to send it round at once."

When he was alone again, he was momentarily appalled by the simple manner in which he had made this decision. Wine for dinner! Just like that! Well, yes, why not? Why ever not now he came to think of it? He was his own master. And anyway it was essential that he have wine. It seemed to have a good effect, a very good effect indeed. He wanted it and he was going to have it and to hell with Mason.

He rested for the remainder of the afternoon, and at seven-thirty Mason announced dinner.

«Euh… Mason, est-ce que nous avons du vin dans la maison?

— Du vin, monsieur?

— Oui, du vin.

— Oh non, monsieur. Voilà au moins quinze ou seize ans que nous n'avons pas vu de vin ici. Votre père, monsieur…

— Je sais, Mason, je sais, mais voulez-vous aller m'en chercher, s'il vous plaît? J'en veux une bouteille pour mon dîner.»

Le maître d'hôtel parut interloqué. «Très bien, monsieur. Quel genre de vin désirez-vous?

— Du bordeaux, Mason. Le meilleur que vous trouverez. Achetez donc un carton entier. Et dites-leur de le livrer immédiatement.»

De nouveau seul, M. Botibol demeura un moment ahuri par la simplicité avec laquelle il avait pris cette décision. Du vin pour le dîner! Comme ça, tout bonnement! Eh bien, oui, pourquoi pas? Effectivement, pourquoi s'en priver, maintenant qu'il y pensait? Il était son propre maître. Et de toute manière il lui fallait absolument du vin, cela représentait un point capital. Ce breuvage semblait avoir une action bénéfique, extraordinairement bénéfique à vrai dire. Il en voulait, il en aurait, et Mason pouvait bien aller au diable!

Il se reposa durant le reste de l'après-midi, et à sept heures et demie Mason annonça le dîner.

The bottle of wine was on the table and he began to drink it. He didn't give a damn about the way Mason watched him as he refilled his glass. Three times he refilled it; then he left the table saying that he was not to be disturbed and returned to the living-room. There was quarter of an hour to wait. He could think of nothing now except the coming concert. He lay back in the chair and allowed his thoughts to wander deliciously towards eight-thirty. He was the great composer waiting impatiently in his dressing-room in the concert-hall. He could hear in the distance the murmur of excitement from the crowd as they settled themselves in their seats. He knew what they were saying to each other. Same sort of thing the news-papers had been saying for months, Botibol is a genius, greater, far greater than Beethoven or Bach or Brahms or Mozart or any of them. Each new work of his is more magnificent than the last. What will the next one be like? We can hardly wait to hear it! Oh yes, he knew what they were saying. He stood up and began to pace the room. It was nearly time now. He seized a pencil from the table to use as a baton, then he switched on the radio. The announcer had just finished the preliminaries and suddenly there was a burst of applause which meant that the conductor was coming on to the platform.

La bouteille de vin était placée sur la table, et il entreprit de la boire, en se moquant éperdument des regards réprobateurs de Mason à chaque fois qu'il remplissait son verre. Il en versa trois fois encore; puis il quitta la table, déclara qu'il ne devait être dérangé sous aucun prétexte, et revint dans la salle de séjour. Il lui restait un quart d'heure à attendre. Désormais il ne pouvait plus penser à rien d'autre qu'au concert imminent. Il s'affala dans le fauteuil et laissa son imagination vagabonder délicieusement du côté de ce qui se passerait à vingt heures trente. Il était le grand compositeur, déjà installé dans la loge de la salle de concert, et il brûlait d'impatience. Il entendait dans le lointain les murmures excités de la foule qui prenait place parmi les rangées de fauteuils. Au fond de lui-même il savait ce que les gens se répétaient de bouche à oreille. Les mêmes déclarations qu'on lisait depuis des mois dans les journaux : Botibol est un génie; plus grand, bien plus grand que Beethoven, Bach, Brahms, Mozart ou tous les autres. Chacune de ses nouvelles œuvres surpasse la précédente par sa magnificence. À quoi ressemblera donc celle-ci? Nous sommes si avides de l'entendre! Oh oui, il savait parfaitement ce qui se disait dans la salle. Il se leva et se mit à arpenter la pièce de long en large. C'était presque l'heure maintenant. Il prit un crayon sur la table pour s'en servir comme d'une baguette, puis alluma la radio. Le présentateur venait de terminer son laïus, et soudain des applaudissements éclatèrent, ce qui signifiait que le chef d'orchestre entrait en scène.

The previous concert in the afternoon had been from gramophone records, but this one was the real thing. Mr Botibol turned around, faced the fireplace and bowed graciously from the waist. Then he turned back to the radio and lifted his baton. The clapping stopped. There was a moment's silence. Someone in the audience coughed. Mr Botibol waited. The symphony began.

Once again, as he began to conduct, he could see clearly before him the whole orchestra and the faces of the players and even the expressions on their faces. Three of the violinists had grey hair. One of the cellists was very fat, another wore heavy brown-rimmed glasses, and there was a man in the second row playing a horn who had a twitch on one side of his face. But they were all magnificent. And so was the music. During certain impressive passages Mr Botibol experienced a feeling of exultation so powerful that it made him cry out for joy, and once during the Third Movement, a little shiver of ecstasy radiated spontaneously from his solar plexus and moved downward over the skin of his stomach like needles. But the thunderous applause and the cheering which came at the end of the symphony was the most splendid thing of all. He turned slowly towards the fireplace and bowed.

Le programme précédent dans l'après-midi avait été réalisé grâce à un enregistrement sur disque, mais ici il s'agissait d'un concert authentique. M. Botibol exécuta un demi-tour sur lui-même pour faire face à la cheminée, et inclina gracieusement le corps à partir de la taille. Puis il se retourna vers la radio et leva sa baguette. Les applaudissements cessèrent. Il y eut un moment de silence. Quelqu'un, dans l'assistance, toussa. M. Botibol attendit. La symphonie commença.

Une nouvelle fois, en se mettant à diriger, il vit clairement devant lui l'ensemble de l'orchestre, les visages des instrumentistes et même leurs expressions particulières. Trois des violonistes avaient les cheveux gris. L'un des violoncellistes était très gros, un autre portait des lunettes à lourde monture d'écaille, et au second rang il y avait un corniste affligé d'un tic qui affectait le côté de son visage. Mais ils étaient tous magnifiques. Et la musique également. Au cours des passages les plus émouvants M. Botibol éprouvait un sentiment d'exultation si puissant qu'il ne pouvait s'empêcher de crier de joie ; et une fois, pendant le troisième mouvement, un petit frisson d'extase rayonna spontanément à partir de son plexus solaire et descendit le long de son ventre, en lui procurant la sensation de milliers de minuscules aiguilles caressant sa peau. Mais le plus grandiose, ce fut le tonnerre d'applaudissements et d'ovations qui salua la fin de la symphonie. Il se tourna lentement vers la cheminée et s'inclina.

The clapping continued and he went on bowing until at last the noise died away and the announcer's voice jerked him suddenly back into the living-room. He switched off the radio and collapsed into his chair, exhausted but very happy.

As he lay there, smiling with pleasure, wiping his wet face, panting for breath, he was already making plans for his next performance. But why not do it properly? Why not convert one of the rooms into a sort of concert-hall and have a stage and rows of chairs and do the thing properly? And have a gramophone so that one could perform at any time without having to rely on the radio programme. Yes by heavens, he would do it!

The next morning Mr Botibol arranged with a firm of decorators that the largest room in the house be converted into a miniature concert-hall. There was to be a raised stage at one end and the rest of the floor-space was to be filled with rows of red plush seats. "I'm going to have some little concerts here," he told the man from the firm, and the man nodded and said that would be very nice. At the same time he ordered a radio shop to instal an expensive self-changing gramophone with two powerful amplifiers, one on the stage, the other at the back of the auditorium.

Les applaudissements continuèrent, et il exécuta encore plusieurs courbettes, jusqu'au moment où les derniers bruits s'atténuèrent graduellement, pour laisser place à la voix du présentateur, qui le fit sursauter et le contraignit à revenir à la réalité de la salle de séjour. Il éteignit la radio et s'écroula dans son fauteuil, épuisé mais très heureux.

Alors qu'il était ainsi affalé, souriant de plaisir, essuyant son visage en sueur et reprenant son souffle, il préparait déjà mentalement sa prochaine séance. Mais pourquoi ne pas faire les choses en bonne et due forme ? Pourquoi ne pas transformer l'une des pièces en une sorte de salle de concert, avec une vraie scène et des rangées de fauteuils, comme dans la réalité ? Et acheter un électrophone, de manière à pouvoir jouer n'importe quand, sans dépendre des programmes radiophoniques ? Mais oui, grands dieux, il allait s'y mettre tout de suite !

Le lendemain matin, M. Botibol se mit d'accord avec une firme de décoration pour transformer la plus vaste pièce de la maison en salle de concert miniature. Il fallait une scène surélevée d'un côté, et l'espace restant devait être occupé par des rangées de fauteuils garnis de velours rouge. « Je vais organiser quelques petits concerts ici », déclara-t-il à l'homme de l'art, qui hocha la tête et répondit que ce serait du plus bel effet. En même temps il demanda à un magasin de radio d'installer un modèle d'électrophone assez coûteux, avec changeur automatique, et deux amplificateurs de grande puissance, l'un sur la scène et l'autre au fond de l'auditorium.

When he had done this, he went off and bought all of Beethoven's nine symphonies on gramophone records; and from a place which specialized in recorded sound effects he ordered several records of clapping and applauding by enthusiastic audiences. Finally he bought himself a conductor's baton, a slim ivory stick which lay in a case lined with blue silk.

In eight days the room was ready. Everything was perfect: the red chairs, the aisle down the centre and even a little dais on the platform with a brass rail running round it for the conductor. Mr Botibol decided to give the first concert that evening after dinner.

At seven o'clock he went up to his bedroom and changed into white tie and tails. He felt marvellous. When he looked at himself in the mirror, the sight of his own grotesque shoulderless figure didn't worry him in the least. A great composer, he thought, smiling, can look as he damn well pleases. People *expect* him to look peculiar. All the same he wished he had some hair on his head. He would have liked to let it grow rather long. He went downstairs to dinner, ate his food rapidly, drank half a bottle of wine and felt better still. "Don't worry about me, Mason," he said. "I'm not mad. I'm just enjoying myself."

"Yes, sir."

"I shan't want you any more.

Ceci fait, il sortit acheter en ville un coffret de l'intégrale des neuf symphonies de Beethoven ; et, dans une boutique spécialisée dans les effets acoustiques spéciaux, il commanda plusieurs disques d'applaudissements et d'ovations enthousiastes. Pour finir, il se procura une baguette de chef d'orchestre, un mince bâton d'ivoire présenté dans un écrin tapissé de soie bleue.

En huit jours la salle fut prête. Tout était parfait : les fauteuils rouges, l'allée centrale, et même, au milieu de l'estrade, un petit podium entouré d'une barre d'appui en cuivre : la place du chef d'orchestre. M. Botibol décida de donner le premier concert le soir même après le dîner.

À sept heures il monta à sa chambre pour s'habiller en queue-de-pie et nœud papillon blanc. Il se sentait dans une forme splendide. Quand il se regarda dans le miroir, le spectacle de sa silhouette grotesque et dépourvue d'épaules ne l'ennuya pas le moins du monde. Un grand compositeur, se dit-il en souriant, peut bien avoir l'allure qui lui plaît. D'ailleurs, les gens s'attendent vraiment à ce qu'il ait un physique particulier. Tout de même, il aurait aimé avoir quelques cheveux sur la tête. Il les aurait volontiers portés assez longs. Il descendit dans la salle à manger, prit rapidement son dîner, but une demi-bouteille de vin et se sentit encore mieux qu'avant. « Ne vous inquiétez pas pour moi, Mason, dit-il. Je ne suis pas fou. Je m'amuse un peu, tout simplement.

— Oui, monsieur.

— Je n'aurai plus besoin de vous ce soir.

Please see that I'm not disturbed." Mr Botibol went from the dining-room into the miniature concert-hall. He took out the records of Beethoven's First Symphony but before putting them on the gramophone, he placed two other records with them. The one, which was to be played first of all, before the music began, was labelled "prolonged enthusiastic applause". The other, which would come at the end of the symphony, was labelled "Sustained applause, clapping, cheering, shouts of encore". By a simple mechanical device on the record changer, the gramophone people had arranged that the sound from the first and the last records — the applause — would come only from the loudspeaker in the auditorium. The sound from all the others — the music — would come from the speaker hidden among the chairs of the orchestra. When he had arranged the records in the correct order, he placed them on the machine but he didn't switch on at once. Instead he turned out all the lights in the room except one small one which lit up the conductor's dais and he sat down in a chair up on the stage, closed his eyes and allowed his thoughts to wander into the usual delicious regions :

Veillez, je vous prie, à ce que personne ne me dérange. » M. Botibol quitta la salle à manger et se dirigea vers la salle de concert miniature. Il sortit du coffret les disques de la Première Symphonie de Beethoven[1]. Néanmoins, avant de les placer sur l'électrophone, il y ajouta deux autres disques. L'un, qui passerait en premier, avant la musique, portait la mention : « Applaudissements chaleureux et prolongés. » L'étiquette du second, que l'on entendrait une fois la symphonie achevée, disait : « Tonnerre d'applaudissements nourris et rythmés, acclamations diverses, cris réclamant un bis. » Par un dispositif mécanique très simple ajouté au changeur automatique, les installateurs de l'électrophone s'étaient arrangés pour que les sons des premier et dernier disques — les applaudissements — sortent seulement du haut-parleur situé du côté de l'auditoire. Quant à tous les autres sons — c'est-à-dire la musique —, ils proviendraient du haut-parleur dissimulé parmi les chaises de l'orchestre. Quand il eut classé les disques dans l'ordre voulu, il les plaça sur la platine, mais ne mit pas le moteur en marche immédiatement. Au lieu de cela, il éteignit toutes les lumières de la pièce à l'exception de la petite lampe qui éclairait le podium du chef d'orchestre ; il alla s'asseoir sur une des chaises de la scène, ferma les yeux et laissa ses pensées vagabonder en direction des régions désormais familières et si agréables :

---

1. Il s'agit de disques 78 tours. La symphonie occupe donc plusieurs disques.

the great composer, nervous, impatient, waiting to present his latest masterpiece, the audience assembling, the murmur of their excited talk, and so on. Having dreamed himself right into the part, he stood up, picked up his baton and switched on the gramophone.

A tremendous wave of clapping filled the room. Mr Botibol walked across the stage, mounted the dais, faced the audience and bowed. In the darkness he could just make out the faint outline of the seats on either side of the centre aisle, but he couldn't see the faces of the people. They were making enough noise. What an ovation! Mr Botibol turned and faced the orchestra. The applause behind him died down. The next record dropped. The symphony began.

This time it was more thrilling than ever, and during the performance he registered any number of prickly sensations around his solar plexus. Once, when it suddenly occurred to him that this music was being broadcast all over the world, a sort of shiver ran right down the length of his spine. But by far the most exciting part was the applause which came at the end. They cheered and clapped and stamped and shouted encore! encore! encore!

le grand compositeur, nerveux, impatient, attendait de présenter son dernier chef-d'œuvre, tandis que le public se massait dans la salle, où l'on percevait le murmure des conversations animées, et ainsi de suite. Lorsque sa rêverie l'eut placé définitivement dans la peau du personnage, il se leva, prit sa baguette, et fit tourner l'électrophone.

Une formidable salve d'applaudissements remplit la salle. M. Botibol traversa la scène, monta sur le podium, fit face au public et s'inclina. Dans l'obscurité il distinguait à peine la bordure des fauteuils de part et d'autre de l'allée centrale, mais il ne pouvait pas voir les visages des gens. Ils faisaient bien assez de bruit. Quelle ovation ! M. Botibol se retourna vers l'orchestre. Les applaudissements diminuèrent graduellement derrière lui. Le disque suivant descendit. La symphonie commença.

Cette fois l'expérience fut plus réjouissante que jamais, et tout au long de l'exécution il éprouva un certain nombre de chatouillements et de picotements dans la région du plexus solaire. À un moment, quand il lui vint soudain à l'esprit que cette musique était retransmise en direct dans le monde entier, il sentit une sorte de frisson courir le long de sa colonne vertébrale. Mais le plus excitant, et de loin, ce furent les applaudissements qui éclatèrent à la fin. Ils l'acclamaient à tout rompre, ils battaient des mains et frappaient des pieds en cadence, en criant : « Bis ! Bis ! Bis ! »

and he turned towards the darkened auditorium and bowed gravely to the left and right. Then he went off the stage, but they called him back. He bowed several more times and went off again, and again they called him back. The audience had gone mad. They simply wouldn't let him go. It was terrific. It was truly a terrific ovation.

Later, when he was resting in his chair in the other room, he was still enjoying it. He closed his eyes because he didn't want anything to break the spell. He lay there and he felt like he was floating. It was really a most marvellous floating feeling, and when he went upstairs and undressed and got into bed, it was still with him.

The following evening he conducted Beethoven's — or rather Botibol's — Second Symphony, and they were just as mad about that one as the first. The next few nights he played one symphony a night, and at the end of nine evenings he had worked through all nine of Beethoven's symphonies. It got more exciting every time because before each concert the audience kept saying "He can't do it again, not another masterpiece. It's not humanly possible." But he did. They were all of them equally magnificent.

Il se tourna vers la salle plongée dans la pénombre, et se courba gravement vers la gauche puis vers la droite. Ensuite il quitta la scène, mais ils le rappelèrent. Il s'inclina de nouveau plusieurs fois et regagna les coulisses ; mais voilà que derechef ils le rappelaient ! Les auditeurs étaient devenus fous ! Ils refusaient tout simplement de le laisser partir ! C'était fantastique ! Oui, une ovation absolument fantastique !

Plus tard, alors qu'il se reposait dans son fauteuil au milieu de l'autre pièce, il savourait encore ces instants. Il ferma les yeux, pour éviter qu'un élément extérieur ne vînt briser le charme. Il demeura ainsi affalé, avec l'impression de planer dans les airs. C'était une sensation réellement merveilleuse, et elle ne le quitta pas quand il monta se déshabiller et se coucher.

Le lendemain soir il dirigea la Seconde Symphonie de Beethoven — ou plutôt de Botibol —, et l'auditoire accueillit celle-ci avec un enthousiasme aussi délirant que la veille. Les jours suivants il donna une symphonie par soirée, et au bout de neuf jours il eut ainsi exécuté la totalité des neuf symphonies de Beethoven. L'expérience se révéla quotidiennement de plus en plus enivrante, parce qu'avant chaque concert le public ne cessait de répéter : « Il n'y arrivera pas, on ne peut pas diriger un nouveau chef-d'œuvre tous les soirs. C'est humainement impossible. » Mais il y réussit. Les partitions et leur exécution étaient toutes aussi magnifiques les unes que les autres.

The last symphony, the Ninth, was especially exciting because here the composer surprised and delighted everyone by suddenly providing a choral masterpiece. He had to conduct a huge choir as well as the orchestra itself, and Benjamino Gigli had flown over from Italy to take the tenor part. Enrico Pinza sang bass. At the end of it the audience shouted themselves hoarse. The whole musical world was on its feet cheering, and on all sides they were saying how you never could tell what wonderful things to expect next from this amazing person.

The composing, presenting and conducting of nine great symphonies in as many days is a fair achievement for any man, and it was not astonishing that it went a little to Mr Botibol's head. He decided now that he would once again surprise his public. He would compose a mass of marvellous piano music and he himself would give the recitals. So early the next morning he set out for the showroom of the people who sold Bechsteins and Steinways.

---

1. Benjamino Gigli : ténor italien (1890-1957).
2. Enrico Pinza : il s'agit de Ezio Pinza (Enrico était le prénom de Caruso). Né en 1892 et mort en 1957, il fut engagé de nombreuses années au Metropolitan Opera de New York.

La dernière symphonie, la Neuvième, apporta encore une exaltation supplémentaire, parce que là le compositeur surprenait et ravissait tout le monde en ajoutant des chœurs aussi superbes qu'inattendus. Il lui fallut diriger, en même temps que l'orchestre lui-même, une énorme masse de chanteurs, et Benjamino Gigli[1] était venu d'Italie par avion pour tenir la partie de ténor, tandis que la basse était Enrico Pinza[2]. Dès la conclusion des derniers accords, la salle entière retentit d'acclamations surexcitées, qui se prolongèrent tellement que certains assistants en avaient la voix rauque. Toute l'élite du monde musical l'applaudissait debout, et un peu partout on déclarait que l'on pouvait décidément s'attendre à des prodiges infinis de la part de cet homme étonnant.

La composition, la présentation et la direction de neuf grandes symphonies en autant de journées constitue un exploit remarquable pour n'importe quel être humain, et il n'y a rien de surprenant si M. Botibol se laissa légèrement griser par son succès. Il résolut qu'à présent il allait stupéfier une nouvelle fois son public. Il composerait une grande quantité de magnifique musique pour piano, qu'il interpréterait en personne. En conséquence, le lendemain matin à la première heure, il se dirigea vers le magasin d'exposition des gens qui vendaient des Bechstein et des Steinway[3].

---

3. Bechstein et Steinway figurent parmi les marques de piano les plus prestigieuses. Bechstein fut fondée en Allemagne en 1853 et Steinway la même année à New York par l'Allemand Heinrich Engelhard Steinweg.

He felt so brisk and fit that he walked all the way, and as he walked he hummed little snatches of new and lovely tunes for the piano. His head was full of them. All the time they kept coming to him and once, suddenly, he had the feeling that thousands of small notes, some white, some black, were cascading down a shute into his head through a hole in his head, and that his brain, his amazing musical brain, was receiving them as fast as they could come and unscrambling them and arranging them neatly in a certain order so that they made wondrous melodies. There were Nocturnes, there were Études and there were Waltzes, and soon, he told himself, soon he would give them all to a grateful and admiring world.

When he arrived at the piano-shop, he pushed the door open and walked in with an air almost of confidence. He had changed much in the last few days. Some of his nervousness had left him and he was no longer wholly preoccupied with what others thought of his appearance. "I want," he said to the salesman, "a concert grand, but you must arrange it so that when the notes are struck, no sound is produced."

The salesman leaned forward and raised his eyebrows.

"Could that be arranged?" Mr Botibol asked.

"Yes, sir, I think so, if you desire it. But might I inquire what you intend to use the instrument for?"

Il se sentait si en forme et plein d'entrain qu'il fit toute la route à pied; en marchant il ne cessa de fredonner de nouveaux airs charmants pour le piano. Il en avait la tête pleine. Ils lui arrivaient sans arrêt, comme par magie, et brusquement il eut l'impression que des milliers de petites notes, les unes blanches et les autres noires, tombaient en une sorte de cascade à l'intérieur de sa tête, par un trou dans son crâne, et que son cerveau, son génial cerveau de musicien, les accueillait à toute allure, les triait et les disposait soigneusement selon un certain ordre de manière à en faire d'admirables mélodies. Il y avait les *Nocturnes*, il y avait les *Études*, il y avait les *Valses*, et bientôt, se dit-il, il ferait don de toutes ces merveilles au monde reconnaissant et subjugué.

Quand il arriva au magasin de pianos, il poussa la porte et entra d'un air presque assuré. Il avait beaucoup changé ces derniers jours. Une bonne dose de sa nervosité avait disparu, et il n'était plus totalement préoccupé par ce que les autres pensaient de son aspect physique. «Je veux, dit-il au vendeur, un grand piano à queue de concert, mais vous devrez le modifier de telle sorte que lorsqu'on frappera les touches il ne produira aucun bruit.»

Le vendeur se pencha en avant et leva les sourcils.

«Vous est-il possible de m'arranger cela? demanda M. Botibol.

— Oui, monsieur, certainement, si vous le désirez. Mais pourrais-je savoir à quel usage vous destinez cet instrument, si ce n'est pas trop indiscret?

"If you want to know, I'm going to pretend I'm Chopin. I'm going to sit and play while a gramophone makes the music. It gives me a kick." It came out, just like that, and Mr Botibol didn't know what had made him say it. But it was done now and he had said it and that was that. In a way he felt relieved, because he had proved he didn't mind telling people what he was doing. The man would probably answer what a jolly good idea. Or he might not. He might say well you ought to be locked up.

"So now you know," Mr Botibol said.

The salesman laughed out loud. "Ha ha! Ha ha ha! That's very good, sir. Very good indeed. Serves me right for asking silly questions." He stopped suddenly in the middle of the laugh and looked hard at Mr Botibol. "Of course, sir, you probably know that we sell a simple noiseless keyboard specially for silent practising."

"I want a concert grand," Mr Botibol said. The salesman looked at him again.

Mr Botibol chose his piano and got out of the shop as quickly as possible.

— Puisque vous y tenez, voici : je vais faire comme si j'étais Chopin. Je vais m'asseoir et caresser les touches pendant qu'un électrophone jouera la musique. Cela me procure un plaisir sensationnel. » Les mots étaient sortis tout seuls, et M. Botibol ignorait ce qui l'avait poussé à parler ainsi. Mais la chose était faite maintenant, il l'avait dit, et voilà tout. En un sens il se sentait soulagé, car il venait de se prouver qu'il ne craignait pas de révéler aux gens son occupation préférée. L'homme répondrait probablement que c'était une excellente idée, très amusante. Ou peut-être que non. Il pouvait aussi bien lui déclarer qu'il était bon à enfermer à l'asile.

« Eh bien voilà, maintenant vous savez », dit M. Botibol.

Le vendeur éclata d'un rire sonore. « Ha-ha ! Ha-ha-ha ! Très bonne réponse, monsieur ! Vraiment très bonne ! Ça m'apprendra à poser des questions stupides ! » Il s'interrompit soudain au milieu de son hilarité, et regarda attentivement M. Botibol. « Naturellement, monsieur, vous n'ignorez sans doute pas que nous vendons un modèle tout simple de clavier silencieux, pour les personnes qui souhaitent travailler sans bruit.

— Je veux un grand piano à queue de concert », répéta M. Botibol. Le vendeur le fixa de nouveau.

M. Botibol choisit son piano et sortit du magasin aussi rapidement que possible.

He went on to the store that sold gramophone records and there he ordered a quantity of albums containing recordings of all Chopin's Nocturnes, Études and Waltzes, played by Arthur Rubinstein.

"My goodness, you *are* going to have a lovely time!"

Mr Botibol turned and saw standing beside him at the counter a squat, short-legged girl with a face as plain as a pudding.

"Yes," he answered. "Oh yes, I am." Normally he was strict about not speaking to females in public places, but this one had taken him by surprise.

"I love Chopin," the girl said. She was holding a slim brown paper bag with string handles containing a single record she had just bought. "I like him better than any of the others."

It was comforting to hear the voice of this girl after the way the piano salesman had laughed. Mr Botibol wanted to talk to her but he didn't know what to say.

The girl said, "I like the Nocturnes best, they're so soothing. Which are your favourites?"

Mr Botibol said, "Well..." The girl looked up at him and she smiled pleasantly, trying to assist him with his embarrassment.

Il poursuivit son chemin jusqu'à la boutique du marchand de disques, où il se procura une quantité d'albums contenant des enregistrements intégraux des *Nocturnes*, des *Études* et des *Valses* de Chopin, dans l'interprétation d'Arthur Rubinstein[1].

«Eh bien dites donc, vous allez passer des moments rudement agréables avec tout ça!»

M. Botibol se tourna et vit, debout à côté de lui près du comptoir, une jeune personne rondelette et courte sur pattes, au visage quelconque et empâté.

«Oui, répondit-il. Oh oui, évidemment.» En temps normal il s'interdisait d'adresser la parole aux femmes dans des lieux publics, mais celle-ci l'avait pris au dépourvu.

«J'adore Chopin», dit la fille. Elle tenait un mince sac en papier brun muni de poignées en ficelle, qui contenait l'unique disque qu'elle venait d'acheter. «Je le préfère à tous les autres compositeurs.»

Il était réconfortant d'entendre la voix de cette jeune fille, après les éclats de rire goguenards du vendeur de pianos. M. Botibol avait envie de lui parler, mais il ne savait pas quoi dire.

La fille reprit : «Les morceaux que j'aime le plus, ce sont les *Nocturnes*, ils sont si apaisants. Et vous, quelles sont vos pièces favorites?»

M. Botibol articula : «Eh bien, euh…» La fille leva les yeux vers lui et lui sourit d'un air charmant, pour essayer de le sortir de son embarras.

---

1. Arthur Rubinstein (1886-1982) : pianiste américain né en Pologne, célèbre pour ses interprétations de Chopin.

It was the smile that did it. He suddenly found himself saying, "Well now, perhaps, would you, I wonder... I mean I was wondering..." She smiled again; she couldn't help it this time. "What I mean is I would be glad if you would care to come along some time and listen to these records."

"Why how nice of you." She paused, wondering whether it was all right. "You really mean it?"

"Yes, I should be glad."

She had lived long enough in the city to discover that old men, if they are dirty old men, do not bother about trying to pick up a girl as unattractive as herself. Only twice in her life had she been accosted in public and each time the man had been drunk. But this one wasn't drunk. He was nervous and he was peculiar-looking, but he wasn't drunk. Come to think of it, it was she who had started the conversation in the first place. "It would be lovely," she said. "It really would. When could I come?"

Oh dear, Mr Botibol thought. Oh dear, oh dear, oh dear, oh dear.

"I could come tomorrow," she went on. "It's my afternoon off."

"Well, yes, certainly," he answered slowly. "Yes, of course. I'll give you my card. Here it is."

Ce fut ce sourire qui déclencha tout. Il se retrouva soudain en train de dire : «Eh bien, euh… peut-être, accepteriez-vous, je me demande… Je veux dire, je me demandais justement si…» Elle lui sourit de nouveau, incapable de s'en empêcher cette fois. «Ce que je veux dire, c'est que je serais heureux de vous inviter à venir chez moi, si l'idée ne vous déplaît pas trop, pour écouter ces disques.

— Oh, comme c'est gentil à vous! » Elle s'interrompit et réfléchit pour savoir s'il était bien convenable d'accepter. «Vous y tenez réellement?

— Oui, j'en serais très heureux. »

Elle vivait à la ville depuis assez longtemps pour s'être aperçue que les hommes d'un certain âge, à moins d'être des vieillards vicieux, ne se donnaient pas la peine de tenter de séduire une jeune fille aussi dépourvue d'attrait qu'elle-même. Au cours de son existence, il ne lui était arrivé que deux fois de se faire accoster en public, et dans les deux cas l'homme était ivre. Mais celui-ci n'était pas ivre. Il se montrait un peu nerveux, il avait une allure assez particulière, mais il n'était pas soûl. Et puis, quand on y pensait, c'était elle qui avait pris l'initiative d'engager la conversation. «Cela me ferait très plaisir, dit-elle. Oh oui, sincèrement. Quand pourrais-je venir? »

Oh mon Dieu, pensa M. Botibol. Mon Dieu, mon Dieu, mon Dieu, mon Dieu.

«Je peux venir demain, si vous voulez, poursuivit-elle. C'est mon après-midi de congé.

— Eh bien, oui, certainement, répondit-il avec lenteur. Oui, bien sûr. Je vais vous donner ma carte. La voici.

"A. W. Botibol," she read aloud. "What a funny name. Mine's Darlington. Miss L. Darlington. How d'you do, Mr Botibol." She put out her hand for him to shake. "Oh I *am* looking forward to this! What time shall I come?"

"Any time," he said. "Please come any time."

"Three o'clock?"

"Yes. Three o'clock."

"Lovely! I'll be there."

He watched her walk out of the shop, a squat, stumpy, thick-legged little person and my word, he thought, what have I done! He was amazed at himself. But he was not displeased. Then at once he started to worry about whether or not he should let her see his concert-hall. He worried still more when he realized that it was the only place in the house where there was a gramophone.

That evening he had no concert. Instead he sat in his chair brooding about Miss Darlington and what he should do when she arrived. The next morning they brought the piano, a fine Bechstein in dark mahogany which was carried in minus its legs and later assembled on the platform in the concert-hall. It was an imposing instrument and when Mr Botibol opened it and pressed a note with his finger, it made no sound at all.

100

— A. W. Botibol, lut-elle à voix haute. Quel drôle de nom! Le mien, c'est Darlington. Mademoiselle L. Darlington. Ravie de faire votre connaissance, monsieur Botibol.» Elle tendit la main en avant pour qu'il la serre. «Oh, j'attends vraiment ce moment avec impatience. À quelle heure dois-je venir?

— N'importe laquelle, dit-il. Je vous en prie, venez quand vous voulez.

— À trois heures?

— Oui. Trois heures.

— Merveilleux! Je serai là.»

Il la regarda sortir du magasin, cette petite personne trapue, courtaude et aux mollets bien gras. Ma parole, songea-t-il aussitôt, qu'est-ce que j'ai fait! Il demeurait tout ébahi de son propre comportement. Mais il n'était nullement mécontent. Immédiatement après, il commença à se tourmenter pour savoir si oui ou non il devrait lui laisser voir sa salle de concert. Il s'angoissa encore plus quand il se rendit compte que c'était le seul endroit de la maison où il y avait un électrophone.

Ce soir-là il ne donna pas de concert. Il resta assis dans son fauteuil, à rêvasser au sujet de Mlle Darlington, et de ce qu'il conviendrait de faire quand elle se présenterait. Le lendemain matin on livra le piano, un superbe Bechstein en acajou foncé, que l'on fit entrer sans ses pieds, et qui fut ensuite assemblé sur la scène de la salle de concert. Il s'agissait d'un instrument fort imposant, et lorsque M. Botibol l'ouvrit et appuya d'un doigt sur une touche, il ne produisit aucun son.

He had originally intended to astonish the world with a recital of his first piano compositions — a set of Études — as soon as the piano arrived, but it was no good now. He was too worried about Miss Darlington and three o'clock. At lunch-time his trepidation had increased and he couldn't eat. "Mason," he said, "I'm, I'm expecting a young lady to call at three o'clock."

"A what, sir?" the butler said.

"A young lady, Mason."

"Very good, sir."

"Show her into the sitting-room."

"Yes, sir."

Precisely at three he heard the bell ring. A few moments later Mason was showing her into the room. She came in, smiling, and Mr Botibol stood up and shook her hand. "My!" she exclaimed. "What a lovely house! I didn't know I was calling on a millionaire!"

She settled her small plump body into a large armchair and Mr Botibol sat opposite. He didn't know what to say. He felt terrible. But almost at once she began to talk and she chattered away gaily about this and that for a long time without stopping.

À l'origine il avait formé le projet de stupéfier le monde par un récital de ses premières œuvres pianistiques — une série d'Études — dès l'arrivée du piano, mais à présent cette idée ne l'attirait plus du tout. Il était trop anxieux à cause de Mlle Darlington et de ce rendez-vous de trois heures. Au déjeuner, son agitation s'était encore accrue, au point qu'il fut incapable de manger. «Mason, dit-il, j'attends une visite. Une jeune dame viendra ici à trois heures.

— Une quoi, monsieur? fit le maître d'hôtel.

— Une jeune dame, Mason.

— Très bien, monsieur.

— Faites-la entrer dans le salon.

— Oui, monsieur. »

À trois heures précises il entendit la sonnette. Quelques instants plus tard, Mason l'introduisit dans la pièce. Elle s'avança, souriante, et M. Botibol se leva pour lui serrer la main. «Ça alors! s'exclama-t-elle! Quelle maison magnifique! Je ne savais pas que j'étais invitée chez un millionnaire! »

Elle installa son petit corps grassouillet dans un grand fauteuil, et M. Botibol s'assit en face d'elle. Il se demandait ce qu'il allait bien pouvoir dire, et se sentait affreusement mal à l'aise. Mais presque aussitôt elle se mit à parler, et elle bavarda gaiement à propos de ceci et de cela durant un long moment sans interruption.

Mostly it was about his house and the furniture and the carpets and about how nice it was of him to invite her because she didn't have such an awful lot of excitement in her life. She worked hard all day and she shared a room with two other girls in a boarding-house and he could have no idea how thrilling it was for her to be here. Gradually Mr Botibol began to feel better. He sat there listening to the girl, rather liking her, nodding his bald head slowly up and down, and the more she talked, the more he liked her. She was gay and chatty, but underneath all that any fool could see that she was a lonely tired little thing. Even Mr Botibol could see that. He could see it very clearly indeed. It was at this point that he began to play with a daring and risky idea.

"Miss Darlington," he said. "I'd like to show you something." He led her out of the room straight to the little concert-hall. "Look," he said.

She stopped just inside the door. "My goodness! Just look at that! A theatre! A real little theatre!" Then she saw the piano on the platform and the conductor's dais with the brass rail running round it. "It's for concerts!" she cried.

Sa conversation roula essentiellement sur la maison, le mobilier et les tapis, et sur le fait que c'était vraiment très gentil de sa part de l'avoir invitée, parce qu'elle menait une existence où elle n'avait pas tellement d'occasions de se distraire. Elle travaillait dur toute la journée, elle partageait une chambre avec deux autres filles dans une pension de famille, et il ne se doutait sûrement pas de la joie fantastique qu'elle éprouvait à se trouver là. Petit à petit M. Botibol commença à se détendre. Il resta tranquillement assis à écouter cette jeune fille, avec une certaine sympathie, lui répondant de temps à autre par un lent hochement de sa tête chauve, et plus elle parlait plus elle lui paraissait sympathique. Elle était fort causante et pleine de bonne humeur, mais n'importe quel imbécile pouvait deviner que sous cette apparence extérieure se cachait un pauvre petit être solitaire et fatigué. M. Botibol lui-même s'en apercevait sans difficulté. À vrai dire il le voyait même très clairement. Ce fut alors qu'il se mit à caresser un projet audacieux et risqué.

«Mademoiselle Darlington, intervint-il, j'aimerais vous montrer quelque chose.» Il la conduisit hors de la pièce, directement à la petite salle de concert. «Regardez», dit-il.

Elle s'arrêta dès qu'elle eut franchi la porte. «Bonté divine! Mais voyez-moi un peu ça! Un théâtre! Un vrai petit théâtre!» Puis elle remarqua le piano sur la scène, ainsi que le podium du chef d'orchestre entouré de sa barre d'appui en cuivre. «C'est pour des concerts! s'écria-t-elle.

"Do you really have concerts here! Oh, Mr Botibol, how exciting!"

"Do you like it?"

"Oh yes!"

"Come back into the other room and I'll tell you about it." Her enthusiasm had given him confidence and he wanted to get going. "Come back and listen while I tell you something funny." And when they were seated in the sitting-room again, he began at once to tell her his story. He told the whole thing, right from the beginning, how one day, listening to a symphony, he had imagined himself to be the composer, how he had stood up and started to conduct, how he had got an immense pleasure out of it, how he had done it again with similar results and how finally he had built himself the concert-hall where already he had conducted nine symphonies. But he cheated a little bit in the telling. He said that the only real reason he did it was in order to obtain the maximum appreciation from the music. There was only one way to listen to music, he told her, only one way to make yourself listen to every single note and chord. You had to do two things at once. You had to imagine that you had composed it, and at the same time you had to imagine that the public were hearing it for the first time.

Vous organisez réellement des concerts ici ? Oh, monsieur Botibol, comme c'est passionnant !

— Cela vous plaît ?

— Oh oui !

— Revenez dans le salon, et je vais vous expliquer de quoi il s'agit. » L'enthousiasme de son interlocutrice lui avait donné de l'assurance, et il tenait à foncer de l'avant sans plus tarder. « Revenez par là, et ouvrez bien vos oreilles, car j'ai une histoire amusante à vous raconter. » Sitôt qu'ils eurent regagné leurs fauteuils dans le salon, il se lança dans son récit. Il lui dévoila absolument tout, du début à la fin : comment, un beau jour, alors qu'il écoutait une symphonie, il avait imaginé qu'il était lui-même le compositeur ; comment il s'était levé et s'était mis à diriger l'orchestre ; comment il avait retiré de cette expérience un immense plaisir ; comment il avait recommencé, avec des résultats similaires ; et comment, pour finir, il s'était fait aménager la salle de concert, où il avait déjà dirigé neuf symphonies. Cependant il tricha un peu dans sa façon de relater les événements. Il expliqua que la seule raison qui l'avait poussé à agir ainsi, c'était son désir d'apprécier la musique le mieux possible. Il n'y avait qu'une manière d'écouter la musique, lui affirma-t-il, une seule manière de se contraindre à percevoir le sens de chaque note et de chaque accord. Il était nécessaire de faire deux choses en même temps. Il fallait imaginer qu'on l'avait composée soi-même, et il fallait également imaginer que le public l'entendait pour la première fois.

"Do you think," he said, "do you really think that any outsider has ever got half as great a thrill from a symphony as the composer himself when he first heard his work played by a full orchestra?"

"No," she answered timidly. "Of course not."

"Then become the composer! Steal his music! Take it away from him and give it to yourself!" He leaned back in his chair and for the first time she saw him smile. He had only just thought of this new complex explanation of his conduct, but to him it seemed a very good one and he smiled. "Well, what do you think, Miss Darlington?"

"I must say it's very very interesting." She was polite and puzzled but she was a long way away from him now.

"Would you like to try?"

"Oh no. Please."

"I wish you would."

"I'm afraid I don't think I should be able to feel the same way as you do about it, Mr Botibol. I don't think I have a strong enough imagination."

She could see from his eyes he was disappointed. "But I'd love to sit in the audience and listen while you do it," she added.

Then he leapt up from his chair.

« Croyez-vous, demanda-t-il, croyez-vous réellement qu'un simple auditeur ait jamais pu retirer autant de satisfaction d'une symphonie que le compositeur en personne quand il a entendu son œuvre jouée pour la première fois par un orchestre au complet ?

— Non, répondit-elle timidement. Non, bien sûr.

— Alors, il n'y a qu'à devenir le compositeur ! Lui voler sa musique ! La lui prendre, et s'en faire cadeau à soi-même ! » Il se renversa dans son fauteuil, et pour la première fois elle le vit sourire. Il venait d'inventer à l'instant même cette nouvelle explication assez complexe de sa conduite, mais elle lui semblait excellente, et à présent il souriait. « Eh bien, qu'en pensez-vous, mademoiselle Darlington ?

— Je dois dire que c'est très très intéressant. » Tout en se montrant polie, elle était quelque peu déconcertée, et elle se sentait très loin de lui désormais.

« Cela vous plairait-il d'essayer ?

— Oh non. Je vous en prie.

— Je voudrais tant que vous acceptiez.

— Je crains de ne pas pouvoir ressentir la même chose que vous dans ce domaine, monsieur Botibol. Je ne crois pas avoir une imagination assez puissante. »

À son regard elle comprit qu'il était déçu. « Mais je serais ravie de m'asseoir au milieu de l'assistance et d'écouter pendant que vous le faites », ajouta-t-elle.

Alors il bondit soudain de son fauteuil.

"I've got it!" he cried. "A piano concerto! You play the piano, I conduct. You the greatest pianist, the greatest in the world. First performance of my Piano Concerto No. 1. You playing, me conducting. The greatest pianist and the greatest composer together for the first time. A tremendous occasion! The audience will go mad! There'll be queueing all night outside the hall to get in. It'll be broadcast around the world. It'll, it'll…" Mr Botibol stopped. He stood behind the chair with both hands resting on the back of the chair and suddenly he looked embarrassed and a trifle sheepish. "I'm sorry," he said. "I get worked up. You see how it is. Even the thought of another performance gets me worked up." And then plaintively, "Would you, Miss Darlington, would you play a piano concerto with me?"

"It's like children," she said, but she smiled.

"No one will know. No one but us will know anything about it."

"All right," she said at last. "I'll do it. I think I'm daft but just the same I'll do it. It'll be a bit of a lark."

"Good!" Mr Botibol cried. "When? Tonight?"

"Oh well, I don't…"

"Yes," he said eagerly. "Please.

«J'ai trouvé! cria-t-il. Un concerto pour piano! Vous êtes la soliste, et je dirige. Vous êtes la plus grande pianiste, la plus grande du monde. Première exécution publique de mon concerto pour piano n° 1. Vous jouez, je dirige. La plus grande pianiste et le plus grand compositeur ensemble pour la première fois. Quel événement formidable! Le public sera délirant! Les gens feront la queue dès la fin de l'après-midi à l'entrée de la salle pour obtenir une place. La radio le retransmettra en direct dans le monde entier. Ce sera, ce sera...» M. Botibol s'interrompit. Debout derrière son fauteuil, les deux mains sur le haut du dossier, il prit soudainement un air gêné et vaguement penaud. «Je suis désolé, dit-il. Je m'emballe, je m'emballe. Vous voyez comment ça se passe. La simple idée d'un nouveau concert suffit à m'échauffer de la sorte.» Puis il reprit, sur un ton plaintif: «Accepteriez-vous, mademoiselle Darlington, accepteriez-vous de jouer un concerto pour piano avec moi?

— Mais on dirait un jeu pour des enfants, répondit-elle, néanmoins avec un sourire.

— Personne n'en saura rien. Jamais nul autre que nous ne sera au courant.

— Bon, d'accord, dit-elle enfin. Je vais le faire. À mon avis je suis idiote, mais je le ferai quand même. Après tout, ce sera une bonne partie de rigolade.

— Parfait! s'exclama M. Botibol. Quand? Ce soir?

— Euh, c'est-à-dire, je n'ai pas...

— Si! insista-t-il avidement. Je vous en supplie.

Make it tonight. Come back and have dinner here with me and we'll give the concert afterwards." Mr Botibol was excited again now. "We must make a few plans. Which is your favourite piano concerto, Miss Darlington?"

"Oh well, I should say Beethoven's Emperor."

"The Emperor it shall be. You will play it tonight. Come to dinner at seven. Evening dress. You must have evening dress for the concert."

"I've got a dancing dress but I haven't worn it for years."

"You shall wear it tonight." He paused and looked at her in silence for a moment; then quite gently, he said, "You're not worried, Miss Darlington? Perhaps you would rather not do it. I'm afraid, I'm afraid I've let myself get rather carried away. I seem to have pushed you into this. And I know how stupid it must seem to you."

That's better, she thought. That's much better. Now I know it's all right. "Oh no," she said. "I'm really looking forward to it. But you frightened me a bit, taking it all so seriously."

Arrangez-vous pour vous libérer ce soir. Revenez ici dîner avec moi, et nous donnerons le concert ensuite.» M. Botibol était de nouveau animé d'une fièvre sacrée. «Nous devons tout préparer en détail. Quel est votre concerto pour piano favori, mademoiselle Darlington?

— Oh, eh bien, disons *L'Empereur*[1] de Beethoven.

— Allons-y pour *L'Empereur*. Vous le jouerez ce soir. Venez dîner à sept heures. En robe de soirée. Il vous faut une robe de soirée pour le concert.

— J'ai bien une robe de bal, mais cela fait des années que je ne l'ai plus mise.

— Vous la porterez ce soir.» Il s'arrêta, et la contempla en silence un moment; puis, d'une voix très douce, il demanda: «Vous n'êtes pas inquiète, n'est-ce pas, mademoiselle Darlington? Peut-être que vous préféreriez y renoncer. Je crains, oui, je crains de m'être laissé emporter un peu trop loin par mon enthousiasme. Il semble que je vous aie forcé la main. Et je sais à quel point je dois vous paraître stupide.»

Voilà qui est déjà mieux, songea-t-elle. Voilà qui est infiniment mieux. Maintenant je suis sûre qu'il n'y a pas de problème. «Oh non, répondit-elle. Au contraire, je me réjouis beaucoup de cette séance. Mais vous m'avez un peu effrayée, en prenant tout cela tellement au sérieux.»

1. *L'Empereur*: cinquième concerto pour piano de Beethoven.

When she had gone, he waited for five minutes, then went out into the town to the gramophone shop and bought the records of the Emperor Concerto, conductor, Toscanini — soloist, Horowitz. He turned at once, told his astonished butler that there would be a guest for dinner, then went upstairs and changed into his tails.

She arrived at seven. She was wearing a long sleeveless dress made of some shiny green material and to Mr Botibol she did not look quite so plump or quite so plain as before. He took her straight in to dinner and in spite of the silent disapproving manner in which Mason prowled around the table, the meal went well. She protested gaily when Mr Botibol gave her a second glass of wine, but she didn't refuse it. She chattered away almost without a stop throughout the three courses and Mr Botibol listened and nodded and kept refilling her glass as soon as it was half empty.

Afterwards, when they were seated in the living-room, Mr Botibol said, "Now Miss Darlington, now we begin to fall into our parts." The wine, as usual, had made him happy,

Lorsqu'elle fut partie, il attendit cinq minutes, puis sortit en ville, se dirigea vers le magasin de disques et acheta les disques du concerto *L'Empereur*, dans la version dirigée par Toscanini[1], avec Horowitz[2] au piano. Il revint aussitôt chez lui, annonça à son maître d'hôtel médusé qu'il aurait une invitée au dîner, et monta à sa chambre afin de revêtir sa queue-de-pie.

Elle arriva à sept heures. Elle portait une robe longue et sans manches, en tissu vert aux reflets brillants ; et aux yeux de M. Botibol elle ne parut plus tout à fait aussi grassouillette et quelconque qu'auparavant. Il l'emmena directement dans la salle à manger où, malgré le silence et les airs réprobateurs de Mason qui rôdait autour de la table, le repas se déroula dans une bonne ambiance. Elle protesta gaiement lorsque M. Botibol lui versa un second verre de vin, mais elle ne le refusa pas. Elle bavarda presque sans arrêt du hors-d'œuvre au dessert ; M. Botibol l'écouta en acquiesçant, et lui remplit son verre à chaque fois qu'il était à moitié vide.

Ensuite, quand ils furent assis dans le salon, M. Botibol dit : « Et maintenant, mademoiselle Darlington, maintenant nous allons commencer à jouer chacun notre rôle. » Le vin, comme d'ordinaire, l'avait rendu joyeux ;

---

1. Arturo Toscanini (1867-1957) : chef d'orchestre italien, directeur de la Scala de Milan puis du Metropolitan Opera de New York.
2. Vladimir Horowitz (1904-1989) : pianiste américain d'origine russe.

and the girl, who was even less used to it than the man, was not feeling so bad either. "You, Miss Darlington, are the great pianist. What is your first name, Miss Darlington?"

"Lucille," she said.

"The great pianist Lucille Darlington. I am the composer Botibol. We must talk and act and think as though we are pianist and composer."

"What is *your* first name, Mr Botibol? What does the A stand for?"

"Angel," he answered.

"Not Angel."

"Yes," he said irritably.

"Angel Botibol," she murmured and she began to giggle. But she checked herself and said, "I think it's a most unusual and distinguished name."

"Are you ready, Miss Darlington?"

"Yes."

Mr Botibol stood up and began pacing nervously up and down the room. He looked at his watch. "It's nearly time to go on," he said. "They tell me the place is packed. Not an empty seat anywhere. I always get nervous before a concert. Do you get nervous, Miss Darlington?"

"Oh yes, I do, always. Especially playing with you."

et la fille, qui y était encore moins habituée que lui, ne se sentait pas mal du tout non plus. «Vous, mademoiselle Darlington, vous êtes la grande pianiste. Quel est votre prénom, mademoiselle Darlington?

— Lucille, dit-elle.

— La grande pianiste Lucille Darlington. Je suis le compositeur Botibol. Nous devons désormais parler, agir et penser comme si nous étions la pianiste et le compositeur.

— Et *vous*, quel est votre prénom, monsieur Botibol? À quoi correspond votre initiale A?

— Angel[1], répondit-il.

— Non, pas Angel.

— Si! répliqua-t-il d'un ton irascible.

— Angel Botibol», murmura-t-elle, et elle fut prise d'un petit accès de fou rire. Immédiatement elle se maîtrisa et déclara : «Je trouve que c'est un prénom fort rare et extrêmement distingué.

— Vous êtes prête, mademoiselle Darlington?

— Oui.»

M. Botibol se leva et entreprit d'arpenter nerveusement la pièce de long en large. Il regarda sa montre. «Il sera bientôt l'heure d'entrer en scène, dit-il. On m'informe que la salle est archicomble. Plus un seul strapontin de libre. J'ai toujours le trac avant un concert. Et vous, mademoiselle Darlington, vous avez le trac?

— Oh oui, régulièrement. Surtout quand je joue avec vous.

---

1. *Angel*: ange.

"I think they'll like it. I put everything I've got into this concerto, Miss Darlington. It nearly killed me composing it. I was ill for weeks afterwards."

"Poor you," she said.

"It's time now," he said. "The orchestra are all in their places. Come on." He led her out and down the passage, then he made her wait outside the door of the concert-hall while he nipped in, arranged the lighting and switched on the gramophone. He came back and fetched her and as they walked on to the stage, the applause broke out. They both stood and bowed towards the darkened auditorium and the applause was vigorous and it went on for a long time. Then Mr Botibol mounted the dais and Miss Darlington took her seat at the piano. The applause died down. Mr Botibol held up his baton. The next record dropped and the Emperor Concerto began.

It was an astonishing affair. The thin stalk-like Mr Botibol, who had no shoulders, standing on the dais in his evening clothes waving his arms about in approximate time to the music; and the plump Miss Darlington in her shiny green dress seated at the keyboard of the enormous piano thumping the silent keys with both hands for all she was worth.

— Je crois que ça leur plaira. J'ai mis absolument tout moi-même dans ce concerto, mademoiselle Darlington. Je me suis presque tué à la tâche pour le composer. Je suis resté malade durant des semaines par la suite.

— Comme je vous plains, dit-elle.

— C'est le moment, maintenant, fit-il. Les membres de l'orchestre sont tous à leur place. Venez. » Il la conduisit hors de la pièce et le long du couloir, puis la fit attendre derrière la porte de la salle de concert pendant qu'il entrait lestement, arrangeait l'éclairage et mettait en marche l'électrophone. Il revint la chercher et, quand ils montèrent sur la scène, les applaudissements éclatèrent. Ils restèrent tous deux debout, et s'inclinèrent vers l'auditoire plongé dans l'obscurité ; les applaudissements se firent plus vigoureux, et durèrent encore un long moment. Puis M. Botibol monta sur le podium, et Mlle Darlington alla s'asseoir au piano. Les applaudissements diminuèrent peu à peu. M. Botibol leva sa baguette. Le disque suivant descendit sur la platine, et le concerto *L'Empereur* débuta.

Ce fut une aventure stupéfiante. Le grand et maigre M. Botibol, qui n'avait pas d'épaules et ressemblait à une asperge, se dressait de toute sa hauteur sur le podium, en habit de cérémonie, et agitait les bras en suivant approximativement le rythme de la musique ; et la ronde Mlle Darlington, dans sa brillante robe verte, était assise face au clavier de l'immense piano, et frappait avec enthousiasme, de ses deux mains dodues, les touches silencieuses.

She recognized the passages where the piano was meant to be silent, and on these occasions she folded her hands primly on her lap and stared straight ahead with a dreamy and enraptured expression on her face. Watching her, Mr Botibol thought that she was particularly wonderful in the slow solo passages of the Second Movement. She allowed her hands to drift smoothly and gently up and down the keys and she inclined her head first to one side, then to the other, and once she closed her eyes for a long time while she played. During the exciting last movement, Mr Botibol himself lost his balance and would have fallen off the platform had he not saved himself by clutching the brass rail. But in spite of everything, the concerto moved on majestically to its mighty conclusion. Then the real clapping came. Mr Botibol walked over and took Miss Darlington by the hand and led her to the edge of the platform, and there they stood, the two of them, bowing, and bowing, and bowing again as the clapping and the shouting of "encore" continued. Four times they left the stage and came back, and then, the fifth time, Mr Botibol whispered, "It's you they want. You take this one alone." "No," she said. "It's you. It's you. Please." But he pushed her forward and she took her call, and came back and said, "Now you. They want you. Can't you hear them shouting for you."

Elle reconnaissait les passages où le piano se taisait, et à ces moments-là elle croisait les mains sur ses genoux d'un air très distingué, et regardait droit devant elle avec sur le visage une expression rêveuse et extasiée. En l'observant, M. Botibol se dit qu'elle était particulièrement merveilleuse dans les lentes mélodies en soliste du second mouvement. Elle laissait ses doigts glisser doucement et avec légèreté d'un bout à l'autre du clavier, et elle inclinait la tête d'un côté puis de l'autre ; une fois elle ferma même les yeux durant un long moment tout en continuant de jouer. Au cours du fougueux dernier mouvement, M. Botibol lui-même perdit l'équilibre, et il serait carrément tombé de la scène s'il ne s'était pas raccroché de justesse à la barre d'appui en cuivre. En dépit de ces menus incidents, le concerto se poursuivit majestueusement jusqu'à sa puissante conclusion. Ensuite ce fut une véritable ovation qui éclata. M. Botibol traversa la scène pour aller prendre Mlle Darlington par la main, il la conduisit au-devant de la scène, et ils demeurèrent là tous deux, exécutant courbette sur courbette, puis s'inclinant de nouveau, puisque apparemment le public ne voulait pas cesser d'applaudir et de crier « Bis ! ». Quatre fois ils quittèrent la scène et revinrent, et à la cinquième M. Botibol murmura : « C'est vous qu'ils veulent. Allez-y toute seule maintenant. — Non, répliqua-t-elle. C'est vous. C'est vous. Je vous en prie. » Néanmoins il la poussa en avant ; elle accomplit son devoir, puis revint et dit : « À vous maintenant. C'est vous qu'ils veulent. Je les entends crier votre nom. »

So Mr Botibol walked alone on to the stage, bowed gravely to right, left and centre and came off just as the clapping stopped altogether.

He led her straight back to the living-room. He was breathing fast and the sweat was pouring down all over his face. She too was a little breathless, and her cheeks were shining red.

"A tremendous performance, Miss Darlington. Allow me to congratulate you."

"But what a concerto, Mr Botibol! What a superb concerto!"

"You played it perfectly, Miss Darlington. You have a real feeling for my music." He was wiping the sweat from his face with a handkerchief. "And tomorrow we perform my Second Concerto."

"Tomorrow?"

"Of course. Had you forgotten, Miss Darlington? We are booked to appear together for a whole week."

"Oh... oh yes... I'm afraid I had forgotten that."

"But it's all right, isn't it?" he asked anxiously. "After hearing you tonight I could not bear to have anyone else play my music."

"I think it's all right," she said. "Yes, I think that'll be all right." She looked at the clock on the mantelpiece. "My heavens, it's late! I must go! I'll never get up in the morning to get to work!"

Donc M. Botibol s'avança seul sur la scène, s'inclina gravement à droite, à gauche et au centre, et s'en alla juste au moment où les applaudissements cessaient complètement.

Il la ramena directement au salon. Il avait le souffle court, et de la sueur dégoulinait le long de son visage. Elle aussi était un peu haletante, et ses joues brillaient d'un rouge très vif.

«Une interprétation fantastique, mademoiselle Darlington. Permettez-moi de vous féliciter.

— Mais quel concerto, monsieur Botibol! Quel superbe concerto!

— Vous l'avez joué à la perfection, mademoiselle Darlington. Vous sentez réellement ma musique.» Il épongeait la sueur de son visage à l'aide d'un mouchoir. «Et demain nous exécutons mon Second Concerto.

— Demain?

— Bien entendu. L'aviez-vous oublié, mademoiselle Darlington? Nous avons un contrat pour jouer ensemble toute la semaine.

— Oh... Oh oui... J'ai bien peur d'avoir oublié cela.

— Mais vous êtes d'accord, n'est-ce pas? demanda-t-il anxieusement. Après vous avoir entendue ce soir, je ne supporterais plus que qui que ce soit d'autre interprète ma musique.

— Je crois que c'est possible, répondit-elle. Oui, je pense que ça ira.» Elle jeta un coup d'œil à la pendule sur le manteau de la cheminée. «Grands dieux, il est très tard! Il faut que je m'en aille! Je n'arriverai jamais à me lever demain matin pour aller au travail!

"To work?" Mr Botibol said. "To work?" Then slowly, reluctantly, he forced himself back to reality. "Ah yes, to work. Of course, you have to get to work."

"I certainly do."

"Where do you work, Miss Darlington?"

"Me? Well," and now she hesitated a moment, looking at Mr Botibol. "As a matter of fact I work at the old Academy."

"I hope it is pleasant work," he said. "What Academy is that?"

"I teach the piano."

Mr Botibol jumped as though someone had stuck him from behind with a hatpin. His mouth opened very wide.

"It's quite all right," she said, smiling. "I've always wanted to be Horowitz. And could I, do you think could I please be Schnabel tomorrow?"

« *Je vais vous raconter une drôle d'histoire qui nous est arrivée hier soir, à ma mère et à moi.* »

1 James Ensor, *Promeneurs sous la pluie à Ostende*, dessin, musée du Louvre, Département des arts graphiques (fonds Orsay).

2 Roald Dahl vers l'âge de trois ans, en compagnie de sa mère Sofie, Archives Dahl & Dahl.

3 L'écrivain avec ses trois sœurs : Alfhild, Else et Asta, Archives Dahl & Dahl.

4 Harald Dahl, Archives Dahl & Dahl.

3

4

Né au pays de Galles en 1916, Roald Dahl est le troisième enfant d'une famille de six. Son père, Harald Dahl, décède alors que l'écrivain n'a que trois ans. Sa mère, d'origine norvégienne, doit assumer seule l'éducation de ses enfants. « Elle a été sans doute l'influence principale de ma vie. Nous rayonnions autour d'elle comme les planètes autour du soleil. »

« "…*Si tu jettes un coup d'œil à la chronique de Pantaloon, tu verras qu'une autre personne a été discréditée aujourd'hui.*" Je pris le journal. "*Voilà ; il s'agit de Mme Ella Gimple, une dame fort connue dans la haute société, qui possède peut-être un million de dollars à la banque…*" »

5 Lincoln Seligman, *New York Central Park*, collection particulière.

6 Lincoln Seligman, *Wrapped Wine Bottles, Number 1*, 1995, collection particulière.

5

6

« Cet homme d'affaires m'a donné trop de vin, se dit-il. Je vais rester ici un moment, à écouter de la musique, et puis je suppose que je vais faire un somme ; après quoi je me sentirai mieux. »

7 *Businessmen*, illustration de Freudenthal/Verhagen.

8 Ernest Wallcousins, *The Eroica*, portrait de Sir Henry Wood, Phillips, The International Fine Art Auctioneers.

9 Roald Dahl, photographie de Mark Gerson.

Dès le début de la Seconde Guerre mondiale, Roald Dahl s'engage dans la Royal Air Force. En 1940, au cours d'une mission en Égypte, il est victime d'un grave accident d'avion. Il est alors affecté à l'ambassade britannique à Washington où il fait la connaissance de C. S. Forester. Cette rencontre décisive marque le début de sa carrière d'écrivain.

10 Roald Dahl dans les
années 30.

11 L'écrivain britannique
Cecil Scott Forester.

« *"...Cet individu n'est qu'un menteur éhonté! C'est un escroc!*
— Tu veux dire que ce n'est pas un gentleman ni un noble? ai-je demandé." »

12 René Magritte, *Les Vacances de Hegel*, 1959, Genève, galerie Couleurs du Temps.

Crédits photographiques

1 : RMN/ J. G. Berizzi. 2, 3, 4, 10 : Dahl Nominee Limited. 5, 6, 8 : Bridgeman-Giraudon. 7 : Getty Images. 9 : Mark Gerson. 11 : Hulton-Deutsch Collection/Corbis. 12 : Photothèque R. Magritte - ADAGP.

— Au travail? dit M. Botibol. Au travail?»
Lentement et à contrecœur, il se contraignit à
revenir à la réalité. «Ah oui, au travail. Bien sûr,
vous êtes obligée de travailler.

— Évidemment.

— Où travaillez-vous, mademoiselle Darlington?

— Moi? Eh bien...» Elle hésita un moment,
regardant M. Botibol droit dans les yeux. «En fait,
il se trouve que je travaille à l'ancienne Académie.

— J'espère qu'il s'agit d'un travail agréable,
dit-il. Qu'est-ce donc que cette Académie?

— J'y enseigne le piano.»

M. Botibol bondit de son fauteuil comme si
quelqu'un l'avait brusquement piqué par-derrière
avec une épingle à chapeau. Il avait la bouche
grande ouverte.

«Ne vous inquiétez pas, il n'y a aucun problème,
dit-elle en souriant. J'ai toujours rêvé d'être Horowitz. Et pourrais-je, oh, s'il vous plaît, croyez-vous
que je pourrais être Schnabel[1] demain?»

---

1. Artur Schnabel : pianiste autrichien (1882-1951), grand
interprète des romantiques allemands.

Vengeance is Mine Inc.

À moi la vengeance S.A.R.L.[1]

---

1. *Inc.* : abréviation de *Incorporated.*

It was snowing when I woke up.

I could tell that it was snowing because there was a kind of brightness in the room and it was quiet outside with no footstep-noises coming up from the street and no tyre-noises but only the engines of the cars. I looked up and I saw George over by the window in his green dressing-gown, bending over the paraffin-stove, making the coffee.

"Snowing," I said.

"It's cold," George answered. "It's really cold."

I got out of bed and fetched the morning paper from outside the door. It was cold all right and I ran back quickly and jumped into bed and lay still for a while under the bedclothes, holding my hands tight between my legs for warmth.

"No letters?" George said.

"No. No letters."

"Doesn't look as if the old man's going to cough up."

Il neigeait lorsque je m'éveillai.

Je savais qu'il neigeait, parce qu'il y avait une sorte de clarté dans la chambre, et que tout semblait calme dehors : on n'entendait monter de la rue ni bruits de pas ni crissements de pneus, simplement le ronronnement des moteurs de voitures. Je levai les yeux et vis George près de la fenêtre, vêtu de sa robe de chambre verte, penché sur le réchaud à pétrole pour préparer le café.

« Il neige, dis-je.

— Il fait froid, répondit George. Terriblement froid. »

Je sortis du lit et allai chercher le journal du matin de l'autre côté de la porte. Pour sûr, on pouvait dire qu'il faisait froid ! Je revins à toute allure, sautai dans le lit et restai immobile un bon moment sous les couvertures, tenant mes mains serrées entre mes jambes pour les réchauffer.

« Pas de lettres ? demanda George.

— Non. Rien au courrier.

— J'ai bien l'impression que le vieux ne va pas se décider à cracher.

"Maybe he thinks four hundred and fifty is enough for one month," I said.

"He's never been to New York. He doesn't know the cost of living here."

"You shouldn't have spent it all in one week."

George stood up and looked at me. "*We* shouldn't have spent it, you mean."

"That's right," I said. "We." I began reading the paper.

The coffee was ready now and George brought the pot over and put it on the table between our beds. "A person can't live without money," he said. "The old man ought to know that." He got back into his bed without taking off his green dressing-gown. I went on reading. I finished the racing page and the football page and then I started on Lionel Pantaloon, the great political and society columnist. I always read Pantaloon — same as the other twenty or thirty million people in the country. He's a habit with me; he's more than a habit; he's a part of my morning, like three cups of coffee, or shaving.

"This fellow's got a nerve," I said.

"Who?"

"This Lionel Pantaloon."

"What's he saying now?"

"Same sort of thing he's always saying. Same sort of scandal. Always about the rich.

— Il croit peut-être qu'avec quatre cent cinquante dollars on a de quoi vivre pour un mois, dis-je.

— Il n'est jamais allé à New York. Il ne connaît pas le coût de la vie ici.

— Tu n'aurais pas dû tout dépenser en une semaine. »

George se redressa et me regarda : « *Nous* n'aurions pas dû tout dépenser, tu veux dire.

— D'accord, admis-je. Nous. » Puis j'entrepris de lire le journal.

Comme le café était prêt, George apporta la cafetière et la déposa sur la table entre nos deux lits. « Personne ne peut vivre sans argent, déclara-t-il. Le vieux devrait au moins savoir ça. » Il se remit dans son lit sans enlever sa robe de chambre verte. Je poursuivis ma lecture. Je terminai la page des courses et celle du football, à la suite de quoi j'entamai l'article de Lionel Pantaloon, le grand chroniqueur de la vie politique et mondaine. Je lis toujours la rubrique de Pantaloon — au même titre que les vingt ou trente millions de lecteurs assidus qu'il compte dans le pays. C'est devenu chez moi une habitude, et même plus : cela fait partie intégrante de ma matinée, comme le rite de boire trois tasses de café ou de me raser.

« Ce type a un sacré culot, dis-je.

— Qui ?

— Ce Lionel Pantaloon.

— Qu'est-ce qu'il raconte aujourd'hui ?

— Les mêmes histoires que d'ordinaire. Le même genre de scandales. Toujours à propos des riches.

Listen to this : '... seen at the Penguin Club...
banker William S. Womberg with beauteous star-
let Theresa Williams... three nights running...
Mrs Womberg at home with a headache... which
is something anyone's wife would have if hubby
was out squiring Miss Williams of an evening...' "

"That fixes Womberg," George said.

"I think it's a shame," I said. "That sort of thing
could cause a divorce. How can this Pantaloon
get away with stuff like that?"

"He always does, they're all scared of him. But
if I was William S. Womberg," George said, "you
know what I'd do? I'd go right out and punch this
Lionel Pantaloon right on the nose. Why, that's
the only way to handle those guys."

"Mr Womberg could not do that."

"Why not?"

"Because he's an old man," I said. "Mr Womberg is a dignified and respectable old man. He's
a very prominent banker in the town. He couldn't
possibly..."

And then it happened. Suddenly, from nowhere,
the idea came. It came to me right in the middle
of what I was saying to George and I stopped
short

Écoute-moi un peu ça : "… vu au Penguin Club…
le banquier William S. Womberg en compagnie
de la ravissante starlette Theresa Williams… trois
nuits de suite… Mme Womberg reste chez elle et
souffre de migraine… N'importe quelle épouse
aurait la migraine si son petit mari jouait les che-
valiers servants auprès de Miss Williams ne fût-ce
qu'une soirée…"

— Avec un truc pareil, voilà Womberg dans un
fameux pétrin, dit George.

— Je trouve que c'est honteux. Des ragots de
ce genre sont susceptibles de causer un divorce.
Comment ce Pantaloon peut-il s'en tirer sans
dommage, avec de tels propos ?

— Il y réussit toujours, ils ont tous peur de lui,
répondit George. Mais si j'étais William S. Womberg, tu sais ce que je ferais ? Je sortirais immédiatement, j'irais dénicher ce Lionel Pantaloon et je
lui flanquerais un bon coup de poing sur le nez !
Non mais quoi ! C'est la seule et unique façon de
se faire respecter un peu par ces gens-là.

— M. Womberg ne pourrait jamais faire ça.

— Pourquoi pas ?

— Parce que c'est un homme âgé, dis-je.
M. Womberg est un vieux monsieur très digne et
respectable. C'est l'un des banquiers les plus en
vue de la ville. En aucun cas il ne se risquerait… »

C'est alors que cela se produisit. Brusquement,
surgie de nulle part, la grande idée me vint. Elle
se présenta comme cela, au beau milieu de ma
phrase, et je m'arrêtai net.

and I could feel the idea itself kind of flowing into my brain and I kept very quiet and let it come and it kept on coming and almost before I knew what had happened I had it all, the whole plan, the whole brilliant magnificent plan worked out clearly in my head; and right then I knew it was a beauty.

I turned and I saw George staring at me with a look of wonder on his face. "What's wrong?" he said. "What's the matter?"

I kept quite calm. I reached out and got some more coffee before I allowed myself to speak.

"George," I said, and I still kept calm. "I have an idea. Now listen very carefully because I have an idea which will make us both very rich. We are broke, are we not?"

"We are."

"And this William S. Womberg," I said, "would you consider that he is angry with Lionel Pantaloon this morning?"

"Angry!" George shouted. "Angry! Why, he'll be madder than hell!"

"Quite so. And do you think that he would like to see Lionel Pantaloon receive a good hard punch on the nose?"

"Damn right he would!"

Je la sentis pour ainsi dire matériellement s'infiltrer dans mon cerveau, je demeurai très calme et la laissai continuer à pénétrer, à envahir tout mon esprit. J'avais à peine eu le temps de me rendre compte de ce qui s'était passé que déjà tout le plan — un plan magnifique et superbement intelligent — s'était dessiné avec une parfaite netteté dans ma tête ; et à cet instant même je compris que c'était une splendeur.

Je me tournai, et aperçus George qui me dévisageait d'un air interrogateur. « Eh, qu'est-ce qui te prend ? demanda-t-il. Qu'est-ce que tu as ? »

Je gardai ma sereine tranquillité. Je tendis le bras pour me resservir de café, avant de m'accorder le plaisir de parler.

« George, dis-je, toujours sans la moindre excitation. J'ai une idée. Écoute-moi très attentivement, parce que j'ai une idée qui va nous rendre tous les deux très riches. Nous sommes fauchés, pas vrai ?

— Bien sûr.

— Et ce William S. Womberg, poursuivis-je, estimerais-tu qu'il est plutôt en colère contre Lionel Pantaloon ce matin ?

— En colère ? s'écria George. En colère ! Mais, bon sang, il doit être absolument fou furieux !

— Effectivement. Et, à ton avis, cela lui plairait-il de voir Lionel Pantaloon recevoir un bon coup de poing sur le nez ?

— Sacré bon Dieu, bien sûr que oui !

"And now tell me, is it not possible that Mr Womberg would be prepared to pay a sum of money to someone who would undertake to perform this nose-punching operation efficiently and discreetly on his behalf?"

George turned and looked at me, and gently, carefully, he put down his coffee-cup on the table. A slowly widening smile began to spread across his face. "I get you," he said. "I get the idea."

"That's just a little part of the idea. If you read Pantaloon's column here you will see that there is another person who has been insulted today." I picked up the paper. "There is a Mrs Ella Gimple, a prominent socialite who has perhaps a million dollars in the bank..."

"What does Pantaloon say about her?"

I looked at the paper again. "He hints," I answered, "at how she makes a stack of money out of her own friends by throwing roulette parties and acting as the bank."

"That fixes Gimple," George said. "And Womberg. Gimple and Womberg." He was sitting up straight in bed waiting for me to go on.

"Now," I said, "we have two different people both loathing Lionel Pantaloon's guts this morning, both wanting desperately to go out and punch him on the nose, and neither of them daring to do it. You understand that?"

"Absolutely."

— Et maintenant dis-moi : si on le lui proposait, M. Womberg ne serait-il pas disposé à payer une certaine somme d'argent à quelqu'un qui entreprendrait de sa part, avec discrétion et efficacité, cette opération "coup de poing sur le nez"? »

George tourna la tête et me regarda ; doucement, avec soin, il déposa sa tasse de café sur la table. Un sourire qui allait s'élargissant commença à illuminer son visage. «J'ai pigé, dit-il. J'ai pigé ton idée.

— Ce n'est qu'une petite partie de mon projet. Si tu jettes un coup d'œil à la chronique de Pantaloon, tu verras qu'une autre personne a été discréditée aujourd'hui. » Je pris le journal. «Voilà, il s'agit d'une Mme Ella Gimple, une dame fort connue dans la haute société, qui possède peut-être un million de dollars à la banque…

— Qu'est-ce qu'en dit Pantaloon ? »

Je regardai de nouveau le journal. «Il insinue, répondis-je, qu'elle gagne beaucoup d'argent sur le dos de ses propres amis, en organisant des parties de roulette et en tenant elle-même le rôle de la banque.

— Cette Gimple aura du mal à s'en remettre, déclara George. De même que Womberg. Gimple et Womberg. » Il était assis bien droit dans son lit et attendait que je continue.

«Donc, repris-je, nous avons deux personnes différentes qui toutes deux haïssent à mort Lionel Pantaloon ce matin. Toutes deux souhaitent désespérément pouvoir aller lui boxer le nez, mais aucune n'ose le faire. Tu comprends la situation ?

— Parfaitement.

"So much then," I said, "for Lionel Pantaloon. But don't forget that there are others like him. There are dozens of other columnists who spend their time insulting wealthy and important people. There's Harry Weyman, Claude Taylor, Jacob Swinski, Walter Kennedy, and all the rest of them."

"That's right," George said. "That's absolutely right."

"I'm telling you, there's nothing that makes the rich so furious as being mocked and insulted in the newspapers."

"Go on," George said. "Go on."

"All right. Now this is the plan." I was getting rather excited myself. I was leaning over the side of the bed, resting one hand on the little table, waving the other about in the air as I spoke. "We will set up immediately an organization and we will call it... what shall we call it... we will call it... let me see... we will call it 'Vengeance Is Mine Inc.'... How about that?"

"Peculiar name."

"It's biblical. It's good. I like it. 'Vengeance Is Mine Inc.' It sounds fine. And we will have little cards printed which we will send to all our clients reminding them that they have been insulted and mortified in public and offering to punish the offender in consideration of a sum of money.

— Voilà, ajoutai-je, en ce qui concerne Lionel Pantaloon. Mais n'oublie pas qu'il y a d'autres types dans son genre. Il existe des douzaines d'autres chroniqueurs qui passent leur temps à dire du mal des personnalités riches et influentes. Pense à Harry Weyman, à Claude Taylor, à Jacob Swinski, à Walter Kennedy, et à tous les autres.

— Tu as raison, renchérit George. Totalement raison.

— Je te le dis, il n'y a rien qui rende les riches aussi furieux que de se voir tournés en dérision et insultés dans les journaux.

— Continue, mon vieux, continue.

— D'accord. Maintenant voici mon plan. » Je commençais aussi à m'échauffer moi-même. Je me penchais par-dessus le bord du lit, une main posée sur la table basse, et agitant l'autre en l'air tout en parlant. « Nous allons monter immédiatement une société et nous l'appellerons... nous allons l'appeler... nous l'appellerons... attends voir une seconde... Nous l'appellerons "À moi la vengeance S.A.R.L.". Qu'en penses-tu ?

— Un nom un peu bizarre.

— C'est une citation biblique[1] ! C'est excellent. Ça me plaît. "À moi la vengeance S.A.R.L." Ça sonne très bien. Et nous ferons imprimer des cartes en bristol, que nous enverrons à tous nos clients pour leur rappeler qu'ils ont été publiquement diffamés et humiliés, et leur proposer de punir le coupable moyennant rétribution.

---

1. *Vengeance is mine* : épître de Paul aux Romains, XII, 19.

We will buy all the newspapers and read all the columnists and every day we will send out a dozen or more of our cards to prospective clients."

"It's marvellous!" George shouted. "It's terrific!"

"We shall be rich," I told him. "We shall be exceedingly wealthy in no time at all."

"We must start at once!"

I jumped out of bed, fetched a writing-pad and a pencil and ran back to bed again. "Now," I said, pulling my knees under the blankets and propping the writing-pad against them, "the first thing is to decide what we're going to say on the printed cards which we'll be sending to our clients," and I wrote, "VENGEANCE IS MINE INC." as a heading on top of the sheet of paper. Then, with much care, I composed a finely phrased letter explaining the functions of the organization. It finished up with the following sentence : *"Therefore VENGEANCE IS MINE INC. will undertake, on your behalf and in absolute confidence, to administer suitable punishment to columnist...... and in this regard we respectfully submit to you a choice of methods (together with prices) for your consideration."*

"What do you mean, 'a choice of methods'?" George said.

"We must give them a choice. We must think up a number of things... a number of different punishments. Number one will be..."

Nous achèterons tous les journaux, nous lirons toutes les chroniques mondaines, et chaque jour nous enverrons au moins une douzaine de nos cartes à des clients possibles.

— C'est merveilleux! s'exclama George. Fantastique!

— Nous allons devenir riches, lui dis-je. En un rien de temps nous amasserons une fortune immense.

— Il faut commencer tout de suite!»

Je bondis hors du lit, courus chercher un bloc-notes et un stylo à bille, et me remis de nouveau au lit. «Bon, dis-je, relevant les genoux sous les couvertures et y appuyant le bloc-notes, la première décision à prendre, c'est ce que nous imprimerons sur les cartes que nous enverrons à nos clients.» J'écrivis donc: «À MOI LA VENGEANCE S.A.R.L.» en guise d'en-tête au sommet de la feuille. Puis, avec beaucoup d'application, je rédigeai une lettre fort bien écrite expliquant les principes de notre organisation. Celle-ci se terminait par la phrase suivante: *«En conséquence À MOI LA VENGEANCE S.A.R.L. entreprendra, de votre part et dans le secret absolu, d'administrer un châtiment convenable au chroniqueur...... et à cet effet nous soumettons respectueusement un choix de méthodes (ainsi que les tarifs correspondants) à votre considération.»*

«Un choix de méthodes? Qu'entends-tu par là? demanda George.

— Nous devons leur offrir un certain éventail. Il faut imaginer un certain nombre de choses... de punitions différentes. Le numéro un sera...

and I wrote down, *"1. Punch him one the nose, once, hard."* "What shall we charge for that?"

"Five hundred dollars," George said instantly.

I wrote it down. "What's the next one?"

"Black his eye," George said.

I wrote down, *"2. Black his eye... $500."*

"No!" George said. "I disagree with the price. It definitely requires more skill and timing to black an eye nicely than to punch a nose. It is a skilled job. It should be six hundred."

"O.K.," I said. "Six hundred. And what's the next one?"

"Both together, of course. The old one two." We were in George's territory now. This was right up his street.

"Both together?"

"Absolutely. Punch his nose *and* black his eye. Eleven hundred dollars."

"There should be a reduction for taking the two," I said. "We'll make it a thousand."

"It's dirt cheap," George said. "They'll snap it up."

"What's next?"

We were both silent now, concentrating fiercely.

1) Coup de poing sur le nez, assené avec violence, articulai-je tout en l'écrivant. Combien demanderons-nous pour ça?

— Cinq cents dollars», répondit George instantanément.

J'inscrivis le chiffre. «Quel est le châtiment suivant?

— Un œil au beurre noir», dit George.

J'inscrivis : *2) Un œil au beurre noir... 500 dollars.*

«Non! intervint George. Je ne suis pas d'accord sur le prix. Un œil au beurre noir bien exécuté requiert indubitablement plus de précision et d'habileté qu'un coup de poing sur le nez. C'est un travail réservé à des gens qualifiés. Cela devrait coûter six cents dollars.

— D'accord, dis-je. Six cents. Et quel est le suivant?

— Les deux ensemble, naturellement. Le coup classique, un crochet du gauche accompagné d'un direct du droit.» Nous nous trouvions désormais dans le territoire de George. Il connaissait admirablement la question.

«Les deux ensemble?

— Absolument. Un coup de poing sur le nez *et* un œil au beurre noir. Onze cents dollars.

— Il faudrait une réduction quand on prend les deux à la fois, dis-je. Mettons ça à mille dollars.

— C'est bougrement bon marché, grogna George. À ce prix-là, tout le monde se jettera dessus.

— Quel est le suivant?»

Nous gardions tous deux le silence à présent, et nous nous concentrions de toutes nos forces.

Three deep parallel grooves of wrinkled skin appeared upon George's rather low sloping forehead. He began to scratch his scalp, slowly but very strongly. I looked away and tried to think of all the terrible things which people had done to other people. Finally I got one, and with George watching the point of my pencil moving over the paper, I wrote : *"4. Put a rattlesnake (with venom extracted) on the floor of his car, by the pedals, when he parks it."*

"Jesus Christ!" George whispered. "You want to kill him with fright!"

"Sure," I said.

"And where'd you get a rattlesnake, anyway?"

"Buy it. You can always buy them. How much shall we charge for that one?"

"Fifteen hundred dollars," George said firmly. I wrote it down.

"Now we need one more."

"Here it is," George said. "Kidnap him in a car, take all his clothes away except his underpants and his shoes and socks, then dump him out on Fifth Avenue in the rush hour." He smiled, a broad triumphant smile.

"We can't do that."

Trois profonds sillons parallèles se creusèrent dans la peau du front plutôt bas et tombant de George. Il se mit à se gratter le cuir chevelu, lentement mais avec beaucoup d'énergie. Je détournai le regard et tentai de réfléchir à toutes les choses abominables que les gens avaient pu faire à d'autres. Pour finir j'en trouvai une et, tandis que George observait la pointe de mon stylo qui courait sur le papier, j'écrivis : *4) Placer un serpent à sonnette (dont le venin aura été préalablement extrait) sur le plancher de sa voiture, près des pédales, pendant qu'elle est en stationnement.*

« Sacré bon Dieu ! murmura George. Tu veux le faire mourir de frayeur !

— Naturellement, dis-je.

— Et où te procurerais-tu un serpent à sonnette, hein ?

— Je l'achèterai. On peut toujours en acheter, dans les magasins spécialisés. Combien allons-nous demander pour ça ?

— Quinze cents dollars », répondit George d'un ton ferme. J'inscrivis la somme.

« Il nous en faut encore un dernier.

— J'ai ce qu'il faut, dit George. Le kidnapper dans une voiture, lui enlever tous ses vêtements sauf son caleçon, ses chaussettes et ses chaussures, puis le déposer au beau milieu de la Cinquième Avenue à l'heure de pointe. » Il sourit largement, le visage radieux et triomphal.

« Nous ne pouvons pas faire ça.

"Write it down. And charge two thousand five hundred bucks. You'd do it all right if old Womberg were to offer you that much."

"Yes," I said. "I suppose I would." And I wrote it down. "That's enough now," I added. "That gives them a wide choice."

"And where will we get the cards printed?" George asked.

"George Karnoffsky," I said. "Another George. He's a friend of mine. Runs a small printing shop down on Third Avenue. Does wedding invitations and things like that for the big stores. He'll do it. I know he will."

"Then what are we waiting for?"

We both leapt out of bed and began to dress. "It's twelve o'clock," I said. "If we hurry we'll catch him before he goes to lunch."

It was still snowing when we went out into the street and the snow was four or five inches thick on the sidewalk, but we covered the fourteen blocks to Karnoffsky's shop at a tremendous pace and we arrived there just as he was putting on his coat to go out.

"Claude!" he shouted. "Hi boy! How you been keeping,"

— Écris-le. Et indique comme tarif deux mille cinq cents dollars[1]. Tu le ferais sans problème si ce vieux Womberg se montrait prêt à te payer une telle somme.

— Oui, admis-je. Je suppose que oui. » J'inscrivis donc le châtiment en question. « En voilà assez maintenant, ajoutai-je. Avec ça, ils auront un choix suffisamment étendu.

— Et où ferons-nous imprimer les cartes ? demanda George.

— Chez George Karnoffsky, déclarai-je. Un autre George. C'est un ami à moi. Il tient une petite imprimerie dans la Troisième Avenue. Il fait des invitations à des mariages et d'autres choses de ce genre pour les grands magasins. Il se chargera de la besogne. J'en suis sûr.

— Alors, qu'est-ce que nous attendons ? »

Nous bondîmes tous deux hors du lit et commençâmes à nous habiller. « Il est midi, remarquai-je. En nous dépêchant nous pourrons encore le trouver avant qu'il ne parte déjeuner. »

Il neigeait toujours lorsque nous sortîmes dans la rue, et il y avait dix à quinze centimètres[2] de neige sur le trottoir, mais nous parcourûmes au pas de course les quatorze pâtés de maisons qui nous séparaient de la boutique de Karnoffsky, et y arrivâmes juste au moment où il mettait son manteau pour s'en aller.

« Claude ! s'exclama-t-il. Salut, mon pote ! Comment ça marche, depuis tout ce temps ? »

1. *Bucks* : dollars (fam.).
2. *An inch* : 2,5 cm.

and he pumped my hand. He had a fat friendly face and a terrible nose with great wide-open nose-wings which overlapped his cheeks by a least an inch on either side. I greeted him and told him that we had come to discuss some most urgent business. He took off his coat and led us back into the office, then I began to tell him about our plans and what we wanted him to do.

When I'd got about quarter way through my story, he started to roar with laughter and it was impossible for me to continue; so I cut it short and handed him the piece of paper with the stuff on it that we wanted him to print. And now, as he read it, his whole body began to shake with laughter and he kept slapping the desk with his hand and coughing and choking and roaring like someone crazy. We sat watching him. We didn't see anything particular to laugh about.

Finally he quietened down and he took out a handkerchief and made a great business about wiping his eyes. "Never laughed so much," he said weakly. "That's a great joke, that is. It's worth a lunch. Come on out and I'll give you lunch."

"Look," I said severely, "this isn't any joke. There is nothing to laugh at. You are witnessing the birth of a new and powerful organization..."

Il me serra la main vigoureusement. Il avait un gros visage plein de bonhomie, et un nez extrêmement large et aplati[1], qui débordait sur ses joues d'au moins trois centimètres de chaque côté. Je le saluai à mon tour, et lui annonçai que nous étions venus pour discuter d'une affaire des plus urgentes. Il ôta son manteau et nous fit pénétrer dans son bureau ; alors j'entrepris de lui raconter notre plan, et le service que nous désirions de lui.

Lorsque je fus parvenu aux trois quarts de mon histoire, il commença à rire bruyamment, si bien qu'il me devint impossible de continuer ; en conséquence, j'abrégeai la fin et lui tendis la feuille de papier portant le texte que nous voulions faire imprimer. Quand il le lut, son corps entier fut secoué de rires convulsifs : il ne cessait de taper sur son bureau avec le plat de la main, il toussait, suffoquait et rugissait comme un dément. Nous restâmes assis à le contempler. Nous ne voyions rien de particulièrement risible dans la situation.

Pour finir il se calma, sortit un mouchoir et s'essuya les yeux en prenant bien son temps. « Jamais autant ri de ma vie, dit-il d'une petite voix affaiblie. Ça, pour une blague, elle est vraiment formidable. Ça vaut un bon déjeuner. Venez, les gars, je vous invite à déjeuner.

— Écoute, répondis-je de mon ton le plus sérieux, il ne s'agit nullement d'une plaisanterie. Il n'y a pas de quoi rire. Tu assistes à la naissance d'une nouvelle et puissante organisation...

---

1. *Nose-wings* : les ailes du nez.

"Come on," he said and he began to laugh again. "Come on and have lunch."

"When can you get those cards printed?" I said. My voice was stern and businesslike.

He paused and stared at us. "You mean... you really mean... you're serious about this thing?"

"Absolutely. You are witnessing the birth..."

"All right," he said, "all right," he stood up. "I think you're crazy and you'll get in trouble. Sure as hell you'll get in trouble. Those boys like messing other people about, but they don't much fancy being messed about themselves."

"When can you get them printed, and without any of your workers reading them?"

"For this," he answered gravely, "I will give up my lunch. I will set the type myself. It is the least I can do." He laughed again and the rims of his huge nostrils twitched with pleasure. "How many do you want?"

"A thousand — to start with, and envelopes."

"Come back at two o'clock," he said and I thanked him very much and as we went out we could hear his laughter rumbling down the passage into the back of the shop.

At exactly two o'clock we were back.

— Allez, allez, fit-il, se remettant à rire de plus belle. Venez, vous avez bien mérité votre déjeuner.

— Quand peux-tu imprimer ces cartes?» demandai-je. Ma voix était dure, et je m'efforçais d'imiter le ton des hommes d'affaires.

Il s'interrompit et nous regarda fixement. «Vous voulez dire… vous voulez vraiment dire… que vous avez l'intention de réaliser ce projet pour de bon?

— Parfaitement. Tu assistes à la naissance…

— Bon, d'accord, dit-il en se levant, d'accord. À mon avis vous êtes cinglés et vous allez vous attirer des ennuis. C'est sûr et certain, vous aurez des problèmes, les gars. Ces types-là, ils aiment bien fourrer leur nez dans les affaires des gens, mais ils n'apprécient pas d'être embêtés à leur tour.

— Quand peux-tu les imprimer, et sans qu'aucun de tes employés ne les lise?

— Pour une telle occasion, répondit-il gravement, je me passerai de déjeuner. Je vais composer les caractères moi-même. C'est le moins que je puisse faire.» Il éclata de rire à nouveau, et les bords de ses énormes narines frémirent de plaisir. «Combien en veux-tu?

— Un millier, pour commencer, ainsi que des enveloppes.

— Reviens à deux heures», dit-il. Je le remerciai abondamment, et tandis que nous sortions nous entendîmes son rire résonner le long du couloir menant à l'atelier situé à l'arrière de la boutique.

À deux heures précises nous étions de retour.

George Karnoffsky was in his office and the first thing I saw as we went in was the high stack of printed cards on his desk in front of him. They were large cards, about twice the size of ordinary wedding or cocktail invitation-cards. "There you are," he said. "All ready for you." The fool was still laughing.

He handed us each a card and I examined mine carefully. It was a beautiful thing. He had obviously taken much trouble over it. The card itself was thick and stiff with narrow gold edging all the way around, and the letters of the heading were exceedingly elegant. I cannot reproduce it here in all its splendour, but I can at least show you how it read :

VENGEANCE IS MINE INC.

Dear...............

You have probably seen columnist ....'s slanderous and unprovoked attack upon your character in today's paper. It is an outrageous insinuation, a deliberate distortion of the truth.

Are you yourself prepared to allow this miserable malice-monger to insult you in this manner without doing anything about it?

George Karnoffsky se trouvait dans son bureau, et la première chose que je vis en entrant fut la grosse pile de cartes imprimées qui se dressait devant lui sur son bureau. C'étaient de grandes cartes, d'un format environ deux fois supérieur à celui des cartes ordinaires d'invitation à un mariage ou à un cocktail. « Et voilà, dit-il. Tout est prêt pour la noble entreprise ! » Ce vieux crétin riait toujours.

Il nous tendit à chacun une carte, et j'examinai soigneusement la mienne. C'était de la belle ouvrage. De toute évidence, il avait travaillé avec un sérieux et une minutie exemplaires. La carte elle-même, épaisse et rigide, était bordée d'une belle ligne dorée sur tout son pourtour, et les caractères de l'en-tête avaient une admirable élégance. Je ne peux pas la reproduire ici dans sa splendeur originale, mais je tiens quand même à vous montrer ce qu'elle disait :

À MOI LA VENGEANCE S.A.R.L.

Cher(e) M...

Vous avez probablement remarqué l'attaque aussi diffamatoire qu'injustifiée dont vous avez été victime, dans le journal d'aujourd'hui, de la part du chroniqueur... Il s'agit d'insinuations outrageantes, et de propos qui déforment délibérément la vérité.

Une personnalité telle que vous serait-elle prête à laisser cet individu minable et malveillant l'insulter de la sorte, sans réagir en aucune façon ?

The whole world knows that it is foreign to the nature of the American people to permit themselves to be insulted either in public or in private without rising up in righteous indignation and demanding — nay, exacting — a just measure of retribution.

On the other hand, it is only natural that a citizen of your standing and reputation will not wish person-ally to become further involved in this sordid petty affair, or indeed to have any direct contact whatso-ever with this vile person.

How then are you to obtain satisfaction?

The answer is simple. VENGEANCE IS MINE INC. *will obtain it for you. We will undertake, on your behalf and in absolute confidence, to administer individual punishment to columnist..............., and in this regard we respectfully submit to you a choice of methods (together with prices) for your consideration :*

1. Punch him on the nose, once, hard	*$500*
2. Black his eye	*$600*
3. Punch him on the nose and black his eye	*$1 000*
4. Introduce a rattlesnake (with venom extracted) into his car, on the floor by the pedals, when he parks it	*$1 500*

À moi la vengeance S.A.R.L.

Le monde entier sait qu'il est contraire à la nature même des Américains de se laisser insulter, en public ou en privé, sans relever l'affront, dans un élan de vertueuse indignation, et demander — voire exiger — une juste réparation.

D'un autre côté, il est bien naturel qu'une personne de votre niveau et de votre réputation ne souhaite pas se mêler davantage personnellement *de cette petite affaire sordide, ni même avoir le moindre contact* direct *avec cet individu méprisable.*

Dans ce cas, comment obtiendrez-vous satisfaction ?

La réponse est simple. À MOI LA VENGEANCE S.A.R.L. *s'en chargera pour vous. Nous entreprendrons, de votre part et dans le secret absolu, d'administrer un châtiment personnel au chroniqueur......, et à cet effet nous soumettons respectueusement à votre considération un choix de méthodes (accompagné du tarif) :*

1. Coup de poing sur le nez, unique mais assené avec violence :   500 dollars

2. Œil au beurre noir :   600 dollars

3. Coup sur le nez et œil au beurre noir :   1 000 dollars

4. Installation d'un serpent à sonnette (dont le venin aura été préalablement extrait) sur le plancher de sa voiture, près des pédales, pendant qu'elle est en stationnement :   1 500 dollars

5. *Kidnap him, take all his*
clothes away except his underpants,
his shoes and socks, then dump him
out on Fifth Ave. in the rush hour   *$2 500*

This work executed by a professional.

If you desire to avail yourself of any of these offers,
kindly reply to VENGEANCE IS MINE INC. *at the*
address indicated upon the enclosed slip of paper. If it
is practicable, you will be notified in advance of the
place where the action will occur and of the time, so
that you may, if you wish, watch the proceedings in
person from a safe and anonymous distance.

No payment need be made until after your order
has been satisfactorily executed, when an account will
be rendered in the usual manner.

George Karnoffsky had done a beautiful job of
printing.

"Claude," he said, "you like?"

"It's marvellous."

"It's the best I could do for you. It's like in the
war when I would see soldiers going off perhaps
to get killed and all the time I would want to be
giving them things and doing things for them."

5) Enlèvement du coupable, qui sera emmené en voiture, déshabillé intégralement à l'exception de son caleçon, de ses chaussettes et de ses chaussures, puis déposé au beau milieu de la Cinquième Avenue à l'heure de pointe :   2 500 dollars

Travail exécuté par un professionnel.

Si vous désirez bénéficier de l'un ou l'autre de ces services, ayez l'amabilité de répondre à À MOI LA VENGEANCE S.A.R.L., à l'adresse indiquée sur le papier ci-inclus. Dans toute la mesure du possible, nous essaierons de vous avertir à l'avance de l'heure et du lieu où se déroulera l'événement, de telle sorte que vous puissiez, si vous le souhaitez, y assister en personne en respectant une distance convenable pour préserver votre anonymat.

Aucun paiement ne sera demandé avant que votre commande n'ait été exécutée à votre entière satisfaction, lorsqu'un compte rendu détaillé en sera donné par les moyens d'information habituels.

George Karnoffsky avait vraiment réalisé là un splendide travail d'imprimerie.

«Alors, Claude, dit-il, ça te plaît?

— C'est merveilleux.

— C'est ce que je pouvais faire de mieux pour toi. Ça me rappelle l'époque de la guerre, où sans arrêt je voyais des soldats qui partaient, peut-être pour se faire tuer; alors je passais mon temps à leur donner ce que je pouvais et à leur rendre toutes sortes de services!»

He was beginning to laugh again, so I said, "We'd better be going now. Have you got large envelopes for these cards?"

"Everything is here. And you can pay me when the money starts coming in." That seemed to set him off worse than ever and he collapsed into his chair, giggling like a fool. George and I hurried out of the shop into the street, into the cold snow-falling afternoon.

We almost ran the distance back to our room and on the way up I borrowed a Manhattan telephone directory from the public telephone in the hall. We found "Womberg, William S." without any trouble and while I read out the address — something up in the East Nineties — George wrote it on one of the envelopes.

"Gimple, Mrs Ella H." was also in the book and we addressed an envelope to her as well. "We'll just send to Womberg and Gimple today," I said. "We haven't really got started yet. Tomorrow we'll send a dozen."

"We'd better catch the next post," George said.

"We'll deliver them by hand," I told him. "Now, at once. The sooner they get them the better.

Comme il se remettait à rire bruyamment, je coupai court : « Je crois qu'il est temps que nous partions maintenant. As-tu de grandes enveloppes pour ces cartes ?

— Tout est là. Et tu pourras me payer quand l'argent commencera à rentrer ! » Cette dernière remarque provoqua chez lui un fou rire plus hystérique que jamais, et il s'écroula dans son fauteuil, agité de soubresauts et poussant des petits cris comme un malade mental. George et moi nous nous hâtâmes de quitter la boutique et de regagner la rue. C'était maintenant l'après-midi, et il neigeait toujours.

Nous revînmes à notre chambre presque en courant, et au passage j'empruntai dans le hall de l'immeuble, doté d'un téléphone public, un annuaire de Manhattan. Nous trouvâmes « Womberg, William S. » sans la moindre difficulté, et pendant que je lisais l'adresse à haute voix — quelque part vers la 90ᵉ Rue Est — George l'écrivit sur une des enveloppes.

« Gimple, Mme Ella H. » était aussi dans l'annuaire, et nous recopiâmes également son adresse sur une enveloppe.

« Envoyons celle de Womberg et celle de Gimple aujourd'hui, fis-je. Nous n'avons pas encore vraiment démarré nos affaires. Demain nous en enverrons une douzaine.

— Allons les poster tout de suite, avant la prochaine levée, dit George.

— Non, nous les distribuerons nous-mêmes, répliquai-je. Et immédiatement. Plus vite ils les auront, mieux cela vaudra.

Tomorrow might be too late. They won't be half so angry tomorrow as they are today. People are apt to cool off through the night. See here," I said, "you go ahead and deliver those two cards right away. While you're doing that I'm going to snoop around the town and try to find out something about the habits of Lionel Pantaloon. See you back here later in the evening..."

At about nine o'clock that evening I returned and found George lying on his bed smoking cigarettes and drinking coffee.

"I delivered them both," he said. "Just slipped them through the letter-boxes and rang the bells and beat it up the street. Womberg had a huge house, a huge white house. How did you get on?"

"I went to see a man I know who works in the sports section of the *Daily Mirror*. He told me all."

"What did he tell you?"

"He said Pantaloon's movements are more or less routine. He operates at night, but wherever he goes earlier in the evening, he *always* — and this is the important point — he *always* finishes up at the Penguin Club. He gets there round about midnight and stays until two or two-thirty. That's when his legmen bring him all the dope."

Demain, il sera peut-être déjà trop tard. Leur fureur aura perdu plus de la moitié de sa force si nous laissons passer une journée. Les gens peuvent facilement se calmer en l'espace d'une nuit. Donc voici, ajoutai-je, tu vas aller me distribuer ces deux cartes à l'instant. Pendant que tu t'acquitteras de cette tâche, j'irai faire un tour en ville, et je tenterai de me renseigner sur les habitudes de Lionel Pantaloon. On se retrouve ici plus tard dans la soirée… »

Je rentrai vers neuf heures du soir, et aperçus George allongé sur son lit, en train de fumer une cigarette et de boire du café.

« J'ai remis les deux cartes, déclara-t-il. Je les ai simplement glissées dans la fente de la boîte aux lettres, j'ai pressé la sonnette, et je me suis enfui à toutes jambes dans la rue. Womberg a une grande maison, une immense maison blanche. Et toi, comment ça a marché ?

— J'ai rendu visite à un type qui travaille comme rédacteur sportif au *Daily Mirror*. Il m'a tout raconté.

— C'est-à-dire ?

— D'après lui, les déplacements de Pantaloon s'effectuent selon un rythme plus ou moins routinier. Il travaille la nuit, mais où qu'il aille plus tôt dans la soirée, il aboutit *toujours* — et voilà l'important —, il aboutit *toujours* au Penguin Club. Il y arrive aux alentours de minuit, et y reste jusqu'à deux heures ou deux heures et demie du matin. C'est à ce moment-là que ses rabatteurs lui apportent leurs renseignements.

"That's all we want to know," George said happily.

"It's too easy."

"Money for old rope."

There was a full bottle of blended whisky in the cupboard and George fetched it out. For the next two hours we sat upon our beds drinking the whisky and making wonderful and complicated plans for the development of our organization. By eleven o'clock we were employing a staff of fifty, including twelve famous pugilists, and our offices were in Rockefeller Center. Towards midnight we had obtained control over all columnists and were dictating their daily columns to them by telephone from our headquarters, taking care to insult and infuriate at least twenty rich persons in one part of the country or another every day. We were immensely wealthy and George had a British Bentley, I had five Cadillacs. George kept practising telephone talks with Lionel Pantaloon. "That you, Pantaloon?" "Yes, sir." "Well, listen here. I think your column stinks today. It's lousy."

— Voilà tout ce que nous avions besoin de savoir, dit joyeusement George.

— C'est trop facile.

— On nous présente pour ainsi dire l'argent sur un plateau[1] ! »

L'armoire contenait une bouteille de whisky mélangé encore pleine, et George la sortit. Durant les deux heures qui suivirent, nous restâmes assis sur nos lits à boire ce whisky et à élaborer des plans complexes et magnifiques pour le développement de notre organisation. À onze heures, nous étions déjà à la tête d'un personnel de cinquante membres, dont douze boxeurs célèbres, et nous avions nos bureaux au Rockefeller Center[2]. À minuit, nous possédions la mainmise sur la totalité des chroniqueurs mondains, et nous leur dictions chaque jour leurs articles par téléphone à partir de notre quartier général, en prenant soin de discréditer et de mettre en rage quotidiennement au moins vingt personnes riches dans une partie ou une autre du pays. Nous avions acquis une fortune colossale. George roulait dans une luxueuse Bentley, et moi j'avais cinq Cadillac. George n'arrêtait pas de s'entraîner à téléphoner à Lionel Pantaloon. « C'est vous, Pantaloon ? — Oui, monsieur. — Eh bien, écoutez-moi un peu. Je trouve votre article d'aujourd'hui absolument infect. Avouez qu'il laisse plutôt à désirer.

1. *Money for old rope* : (mot à mot) de l'argent pour une vieille corde (de l'argent gagné sans peine).
2. *Rockefeller Center* : ensemble de gratte-ciel situé dans la Cinquième Avenue. J. D. Rockefeller fonda la Standard Oil en 1870 et fit fortune dans le pétrole.

"I'm very sorry, sir. I'll try to do better tomorrow." "Damn right you'll do better, Pantaloon. Matter of fact we've been thinking about getting someone else to take over." "But please, please sir, just give me another chance." "O.K., Pantaloon, but this is the last. And by the way, the boys are putting a rattlesnake in your car tonight, on behalf of Mr Hiram C. King, the soap manufacturer. Mr King will be watching from across the street so don't forget to act scared when you see it." "Yes, sir, of course, sir. I won't forget, sir..."

When we finally went to bed and the light was out, I could still hear George giving hell to Pantaloon on the telephone.

The next morning we were both woken up by the church clock on the corner striking nine. George got up and went to the door to get the papers and when he came back he was holding a letter in his hand.

"Open it!" I said.

He opened it and carefully he unfolded a single sheet of thin notepaper.

"Read it!" I shouted.

He began to read it aloud, his voice low and serious at first but rising gradually to a high, almost hysterical shout of triumph as the full meaning of the letter was revealed to him. It said:

— Vous m'en voyez désolé, monsieur. J'essaierai de faire mieux demain. — J'espère bien que vous ferez mieux, Pantaloon. En fait, depuis un certain temps nous songeons à prendre quelqu'un d'autre pour vous remplacer. — Oh non, s'il vous plaît, je vous en supplie, monsieur, accordez-moi juste encore une chance. — D'accord, Pantaloon, mais c'est la dernière. Et à propos, les gars vont mettre un serpent à sonnette dans votre voiture cette nuit, de la part de Hiram C. King, le magnat des savonnettes. M. King vous épiera de l'autre côté de la rue, alors n'oubliez pas de simuler la terreur quand vous verrez le serpent. — Oui, monsieur, bien sûr, monsieur. Je n'oublierai pas, monsieur… »

Quand finalement nous nous couchâmes et éteignîmes la lumière, j'entendais toujours George qui engueulait Pantaloon comme du poisson pourri au téléphone.

Le lendemain matin, nous fûmes tous deux réveillés par la cloche de l'église du quartier qui sonnait neuf heures. George se leva pour aller chercher le courrier à la porte de l'immeuble, et quand il revint il tenait une lettre à la main.

«Ouvre-la!» ordonnai-je.

Il l'ouvrit, et déplia soigneusement une seule feuille de papier ordinaire.

«Lis-la!» m'écriai-je.

Il se mit à la lire tout haut, d'une voix lente et sérieuse au début, mais qui se transforma graduellement, de plus en plus aiguë et forte, jusqu'à devenir un hurlement de triomphe quand il comprit tout le sens de la lettre. Celle-ci disait :

"*Your methods appear curiously unorthodox. At the same time anything you do to that scoundrel has my approval. So go ahead. Start with Item 1, and if you are successful I'll be only too glad to give you an order to work right on through the list. Send the bill to me. William S. Womberg.*"

I recollect that in the excitement of the moment we did a kind of dance around the room in our pyjamas, praising Mr Womberg in loud voices and singing that we were rich. George turned somersaults on his bed and it is possible that I did the same.

"When shall we do it?" he said. "Tonight?"

I paused before replying. I refused to be rushed. The pages of history are filled with the names of great men who have come to grief by permitting themselves to make hasty decisions in the excitement of a moment. I put on my dressing-gown, lit a cigarette and began to pace up and down the room. "There is no hurry," I said. "Womberg's order can be dealt with in due course. But first of all we must send out today's cards."

I dressed quickly, went out to the newsstand across the street, bought one copy of every daily paper there was and returned to our room.

« *Vos méthodes semblent curieusement peu orthodoxes.
En même temps, tous les mauvais traitements que vous
pourrez infliger à ce scélérat bénéficieront de mon entière
approbation. Donc, allez-y. Commencez par l'article n° 1,
et si vous réussissez je ne serais que trop heureux de vous
passer commande pour tout le reste de la liste. Envoyez-
moi votre facture. William S. Womberg.* »

Je me souviens que dans l'excitation du moment
nous exécutâmes, en pyjama, une sorte de danse
tout autour de la pièce, en chantant à pleine voix
les louanges de M. Womberg, et en proclamant
que désormais nous étions riches. George fit plusieurs sauts périlleux sur son lit, et j'ai bien pu
l'imiter sans m'en rendre compte.

« Quand nous y mettons-nous ? demanda-t-il.
Ce soir ? »

J'observai quelques instants de silence avant de
répondre. Je refusais de me laisser emporter par
la précipitation. Les pages des livres d'histoire
sont remplies de noms de grands hommes qui se
sont mordu les doigts d'avoir pris des décisions
hâtives dans la fièvre du moment. Je mis ma robe
de chambre, allumai une cigarette et commençai
à faire les cent pas dans la chambre. « Rien ne
presse, déclarai-je. Nous pourrons nous occuper
de la commande de Womberg en temps voulu.
Mais en premier lieu nous devons effectuer notre
distribution de cartes du jour. »

Je m'habillai rapidement, allai au kiosque de
l'autre côté de la rue, achetai un exemplaire
de chacun des journaux qui s'y trouvaient, et
revins à notre chambre.

The next two hours was spent in reading the columnists' columns, and in the end we had a list of eleven people — eight men and three women — all of whom had been insulted in one way or another by one of the columnists that morning. Things were going well. We were working smoothly. It took us only another half hour to look up the addresses of the insulted ones — two we couldn't find — and to address the envelopes.

In the afternoon we delivered them, and at about six in the evening we got back to our room, tired but triumphant. We made coffee and we fried hamburgers and we had supper in bed. Then we re-read Womberg's letter aloud to each other many many times.

"What he's doing he's giving us an order for six thousand one hundred dollars," George said. "Items 1 to 5 inclusive."

"It's not a bad beginning. Not bad for the first day. Six thousand a day works out at... let me see... it's nearly two million dollars a year, not counting Sundays. A million each. It's more than Betty Grable."

"We are very wealthy people," George said. He smiled, a slow and wondrous smile of pure contentment.

"In a day or two we will move to a suite of rooms at the St Regis."

Nous passâmes les deux heures suivantes à lire les articles des chroniqueurs mondains, et à la fin nous eûmes une liste de onze personnes — huit hommes et trois femmes — qui toutes avaient été calomniées d'une manière ou d'une autre ce matin. Les affaires marchaient bien. Le travail allait comme sur des roulettes. Ensuite il ne nous fallut qu'une demi-heure pour chercher les adresses des gens insultés — deux restèrent introuvables — et les recopier sur les enveloppes.

Dans le courant de l'après-midi, nous portâmes nos messages à domicile, et vers six heures du soir nous revînmes à notre chambre, fatigués mais triomphants. Nous préparâmes du café et des hamburgers, et prîmes notre dîner au lit. Puis nous nous relûmes mutuellement, à maintes reprises, la lettre de Womberg.

« Imagine un peu, il nous passe une commande pour six mille cent dollars, dit George. Toute la liste, du n° 1 au n° 5 !

— C'est un assez bon départ. Pas trop mal pour une première journée. Six mille dollars par jour, ça donne… attends une minute… presque deux millions de dollars par an, si je ne compte pas les dimanches. Un million chacun. C'est plus que ce que gagne Betty Grable[1].

— Nous sommes de vrais nababs », affirma George. Lentement, un merveilleux sourire de pur contentement se dessina sur son visage.

« D'ici un jour ou deux, nous allons nous installer dans une grande suite à l'hôtel St. Regis.

1. Betty Grable : célèbre actrice des années 1940.

"I think the Waldorf," George said.

"All right, the Waldorf. And later on we might as well take a house."

"One like Womberg's?"

"All right. One like Womberg's. But first," I said, "we have work to do. Tomorrow we shall deal with Pantaloon. We will catch him as he comes out of the Penguin Club. At two-thirty a.m. we will be waiting for him, and when he comes out into the street you will step forward and you will punch him once, hard, right upon the point of the nose as per contract."

"It will be a pleasure," George said. "It will be a real pleasure. But how do we get away? Do we run?"

"We shall hire a car for an hour. We have just enough money left for that, and I shall be sitting at the wheel with the engine running, not ten yards away, and the door will be open and when you've punched him you'll just jump back into the car and we'll be gone."

"It is perfect. I shall punch him very hard." George paused. He clenched his right fist and examined his knuckles. Then he smiled again and he said slowly. "This nose of his, is it not possible that it will afterwards be so much blunted that it will no longer poke well into other peoples' business?"

1. St. Regis, Waldorf: luxueux hôtels de Manhattan. Le Waldorf Astoria Hotel se trouvait sur l'emplacement même de

— Je verrais plutôt le Waldorf[1], dit George.

— Va pour le Waldorf. Et plus tard nous pourrions aussi acheter une maison.

— Comme celle de Womberg?

— D'accord. Comme celle de Womberg. Mais d'abord, ajoutai-je, nous avons du travail à faire. Demain, nous nous occuperons de Pantaloon. Nous l'attraperons quand il sortira du Penguin Club. À deux heures et demie du matin[2], nous l'attendrons, et lorsqu'il arrivera dans la rue tu t'avanceras et tu le frapperas une seule fois, avec violence, exactement sur l'arête du nez, comme stipulé dans le contrat.

— Ce sera un plaisir, dit George. Ce sera un vrai plaisir. Mais comment nous enfuirons-nous? À pied?

— Nous louerons une voiture pour une heure. Il nous reste juste assez d'argent pour ça. Je serai au volant et laisserai tourner le moteur, à moins de dix mètres de toi; la portière sera ouverte, et dès que tu l'auras cogné il te suffira de sauter sur le siège, et nous disparaîtrons dans la nature.

— Parfait. Je vais taper très fort, crois-moi. » George s'interrompit. Il serra son poing droit et examina les articulations des phalanges. Puis il sourit de nouveau, et dit lentement : « Ce Pantaloon, il est bien possible qu'après ce coup-là il se retrouve avec un nez tellement écrasé qu'il ne pourra plus le fourrer dans les affaires des autres, pas vrai?

l'Empire State Building jusqu'en 1929 avant d'être reconstruit dans Park Avenue.

2. *A.m.* : ante meridiem ≠ post meridiem *(p.m.).*

"It is quite possible," I answered, and with that happy thought in our minds we switched out the light and went early to sleep.

The next morning I was woken by a shout and I sat up and saw George standing at the foot of my bed in his pyjamas, waving his arms. "Look!" he shouted, "there are four! There are four!" I looked, and indeed there were four letters in his hand.

"Open them. Quickly, open them."

The first one he read aloud : *"Dear Vengeance Is Mine Inc., That's the best proposition I've had in years. Go right ahead and give Mr Jacob Swinski the rattlesnake treatment (Item 4). But I'll be glad to pay double if you'll forget to extract the poison from its fangs. Yours Gertrude Porter-Vandervelt. P.S. You'd better insure the snake. That guy's bite carries more poison than any rattler's."*

George read the second one aloud : *"My cheque for $500 is made out and lies before me on my desk. The moment I receive proof that you have punched Lionel Pantaloon hard on the nose, it will be posted to you. I should prefer a fracture, if possible. Yours etc. Wilbur H. Gollogly."*

— C'est fort possible, en effet», répondis-je, et avec cette joyeuse pensée en esprit nous éteignîmes la lumière et ne tardâmes pas à nous endormir.

Le lendemain matin je fus réveillé par un cri ; je m'assis dans le lit et vis George debout au pied de mon lit, qui agitait les bras en pyjama. «Regarde ! s'exclama-t-il. Il y en a quatre ! Quatre ! » Je l'observai : effectivement il tenait quatre lettres à la main.

«Ouvre-les. Vite, ouvre-les ! »

Il lut la première à voix haute : « *Chers À Moi La Vengeance S.A.R.L., Voilà la meilleure proposition que j'aie reçue depuis des années. Foncez de l'avant et infligez à M. Jacob Swinski le traitement du serpent à sonnette (méthode nº 4). Mais je me ferai un plaisir de vous payer double tarif si vous oubliez d'extraire le venin[1]. Bien à vous, Gertrude Porter-Vandervelt. P.S. Si j'étais vous j'assurerais le serpent. La morsure de ce type est infiniment plus venimeuse que celle de n'importe quel reptile.* »

George lut la seconde à voix haute : « *Mon chèque de 500 dollars est prêt et attend devant moi sur mon bureau. Dès l'instant où j'aurai la preuve que vous avez flanqué un bon coup de poing sur le nez à Lionel Pantaloon, il vous sera expédié sans délai. Je préférerais que le coup occasionne une fracture, si c'est possible. Bien à vous, etc., Wilbur H. Gollogly.* »

---

1. *Fangs* : crochets à venin.

George read the third one aloud : *"In my present frame of mind and against my better judgement, I am tempted to reply to your card and to request that you deposit that scoundrel Walter Kennedy upon Fifth Avenue dressed only in his underwear. I make the proviso that there shall be snow upon the ground at the time and that the temperature shall be sub-zero. H. Gresham."*

The fourth one also he read aloud : *"A good hard sock on the nose for Pantaloon is worth five hundred of mine or anyone else's money. I should like to watch. Yours sincerely, Claudia Calthorpe Hines."*

George laid the letters down gently, carefully upon the bed. For a while there was silence. We stared at each other, too astonished, too happy to speak. I began to calculate the value of those four orders in terms of money.

"That's five thousand dollars worth," I said softly.

Upon George's face there was a huge bright grin. "Claude," he said, "should we not move now to the Waldorf?"

"Soon," I answered, "but at the moment we have no time for moving. We have not even time to send out any fresh cards today. We must start to execute the orders we have in hand. We are overwhelmed with work."

"Should we not engage extra staff and enlarge our organization?"

George lut la troisième à voix haute : «*Étant donné mon état d'esprit actuel et malgré ce que me dicte la raison, je suis tenté par votre offre et je vous demande de déposer cette canaille de Walter Kennedy dans la Cinquième Avenue vêtu seulement de son caleçon. À la condition expresse que le sol soit couvert de neige à ce moment et que la température soit inférieure à zéro. H. Gresham.*»

Il lut également la quatrième à voix haute : «*Un bon coup sur le nez de Pantaloon vaut bien cinq cents dollars, et je suis sûre que n'importe qui accepterait comme moi avec joie. Je souhaite assister au spectacle. Sincèrement vôtre, Claudia Calthorpe Hines.*»

George déposa les lettres doucement, avec soin, sur le lit. Il y eut un silence qui dura un bon moment. Nous nous regardions l'un l'autre, trop étonnés et trop heureux pour parler. J'entrepris de calculer la valeur de ces quatre commandes en termes d'argent.

«Ça fait un total de cinq mille dollars», dis-je à voix basse.

Le visage de George s'illumina d'un grand sourire radieux. «Claude, demanda-t-il, tu ne crois pas que nous devrions partir tout de suite nous installer au Waldorf?

— Bientôt, répondis-je, mais pour le moment nous n'avons pas le temps de déménager. Nous n'aurons même pas le temps de distribuer de nouvelles cartes aujourd'hui. Il nous faut commencer à exécuter les commandes reçues. Nous sommes surchargés de travail.

— Et si nous engagions du personnel supplémentaire, et agrandissions notre organisation?

"Later," I said. "Even for that there is no time today. Just think what we have to do. We have to put a rattlesnake in Jacob Swinski's car... we have to dump Walter Kennedy on Fifth Avenue in his underpants... we have to punch Pantaloon on the nose... let me see... yes, for three different people we have to punch Pantaloon..."

I stopped. I closed my eyes. I sat still. Again I became conscious of a small clear stream of inspiration flowing into the tissues of my brain. "I have it!" I shouted. "I have it! I have it! Three birds with one stone! Three customers with one punch!"

"How?"

"Don't you see? We only need to punch Pantaloon once and each of the three customers... Womberg, Gollogly and Claudia Hines... will think it's being done specially for him or her."

"Say it again." I said it again.

"It's brilliant."

"It's common-sense. And the same principle will apply to the others. The rattlesnake treatment and the other one can wait until we have more orders. Perhaps in a few days we shall have ten orders for rattlesnakes in Swinski's car.

— Plus tard, dis-je. Même pour cela le temps nous manque aujourd'hui. Réfléchis un peu à tout ce que nous devons faire. Placer un serpent à sonnette dans la voiture de Jacob Swinski... déposer Walter Kennedy en caleçon dans la Cinquième Avenue... flanquer un coup de poing sur le nez à Pantaloon... attends un peu... oui, nous devons cogner sur Pantaloon de la part de trois personnes différentes... »

Je m'arrêtai. Je fermai les yeux. Je demeurai immobile. De nouveau je me rendis compte qu'une inspiration, semblable à un clair petit ruisseau, s'infiltrait dans mes méninges. « J'ai la solution ! m'écriai-je. Je l'ai ! Je l'ai ! Nous ferons d'une pierre trois coups ! Trois clients satisfaits grâce à une seule intervention !

— Comment ça ?

— Tu ne vois donc pas ? Il nous suffit de frapper Pantaloon une fois, et chacun de nos trois clients... Womberg, Gollogly et Claudia Hines... pensera que nous l'aurons fait de sa part à lui ou à elle.

— Répète-moi ça. » Je lui expliquai de nouveau la chose.

— Ah, c'est très intelligent, ton truc.

— Simple question de bon sens. Et le même principe s'appliquera aux autres. Ceux qui demandent le coup du serpent à sonnette et celui de la Cinquième Avenue peuvent attendre que nous ayons de nouvelles commandes. Dans quelques jours, nous aurons peut-être dix commandes pour un serpent à sonnette dans la voiture de Swinski.

Then we will do them all in one go."

"It's wonderful."

"This evening then," I said, "we will handle Pantaloon. But first we must hire a car. Also we must send telegrams, one to Womberg, one to Gollogly and one to Claudia Hines, telling them where and when the punching will take place."

We dressed rapidly and went out.

In a dirty silent little garage down on East 9th Street we managed to hire a car, a 1934 Chevrolet, eight dollars for the evening. We then sent three telegrams, each one identical and cunningly worded to conceal its true meaning from inquisitive people : *"Hope to see you outside Penguin Club two-thirty a.m. Regards V.I. Mine."*

"There is one thing more," I said. "It is essential that you should be disguised. Pantaloon, or the doorman, for example, must not be able to identify you afterwards. You must wear a false moustache."

"What about you?"

"Not necessary. I'll be sitting in the car. They won't see me."

We went to a children's toy-shop and we bought for George a magnificent black moustache, a thing with long pointed ends, waxed and stiff and shining,

Alors, nous pourrons les exécuter toutes d'un seul coup.

— C'est merveilleux.

— Donc, ce soir, repris-je, nous ferons son affaire à Pantaloon. Mais il nous faut d'abord louer une voiture. Nous devons aussi envoyer des télégrammes, un à Womberg, un à Gollogly et un à Claudia Hines, pour leur dire où et quand l'agression aura lieu. »

Nous nous habillâmes rapidement et sortîmes.

Dans un petit garage sale et silencieux de la 9e Rue Est, nous parvînmes à louer une voiture, une vieille Chevrolet de 1934, à huit dollars pour la soirée. Nous envoyâmes ensuite trois télégrammes, tous identiques et habilement rédigés de manière à en dissimuler le sens véritable aux yeux des curieux : *«Espérons vous voir devant Penguin Club deux heures trente matin. Respectueusement, A. M. Laveng. »*

«Il reste encore un détail à régler, dis-je. Il est capital que tu sois déguisé. Pantaloon, ou encore le portier, par exemple, ne doivent pas pouvoir t'identifier par la suite. Il faudra que tu portes une fausse moustache.

— Et toi ?

— Pas nécessaire. Je resterai assis dans la voiture. Ils ne me verront pas. »

Nous entrâmes dans une boutique de jouets, où nous achetâmes pour George une superbe moustache noire, un bel objet aux longs bouts effilés, enduit de cire, raide et luisant.

and when he held it up against his face he looked exactly like the Kaiser of Germany. The man in the shop also sold us a tube of glue and he showed us how the moustache should be attached to the upper lip. "Going to have fun with the kids?" he asked, and George said, "Absolutely."

All was now ready, but there was a long time to wait. We had three dollars left between us and with this we bought a sandwich each and then went to a movie. Then, at eleven o'clock that evening, we collected our car and in it we began to cruise slowly through the streets of New York waiting for the time to pass.

"You're better put on your moustache so as you get used to it."

We pulled up under a street lamp and I squeezed some glue on to George's upper lip and fixed on the huge black hairy thing with its pointed ends. Then we drove on. It was cold in the car and outside it was beginning to snow again. I could see a few small snowflakes falling through the beams of the car-lights. George kept saying, "How hard shall I hit him?" and I kept answering, "Hit him as hard as you can, and on the nose. It must be on the nose because that is a part of the contract. Everything must be done right.

Quand il la tint devant son visage, il me fit immédiatement penser au kaiser d'Allemagne[1]. Le marchand nous vendit aussi un tube de colle et nous montra comment on fixait la moustache à la lèvre supérieure. «Alors, comme ça, on va s'amuser un peu avec les enfants?» demanda-t-il. À quoi George répondit : «Exactement.»

Tout était prêt désormais; cependant il nous restait un bon moment à attendre. À nous deux nous n'avions plus que trois dollars, avec lesquels nous nous achetâmes chacun un sandwich et allâmes au cinéma. Puis, à onze heures du soir, nous prîmes livraison de la voiture et commençâmes à rouler lentement dans les rues de New York, histoire de tuer le temps.

«Tu ferais mieux de mettre ta moustache, pour t'y habituer tout de suite.»

Nous nous garâmes sous un réverbère; je mis un peu de colle sur la lèvre supérieure de George, puis j'y fixai cette énorme chose velue aux extrémités effilées. Ensuite nous repartîmes. Il faisait froid dans la voiture, et dehors il recommençait à neiger. Je voyais quelques petits flocons traverser la lumière de mes phares. George n'arrêtait pas de demander : «Avec quelle violence dois-je le frapper?», et à chaque fois je lui répondais : «Avec toute la violence dont tu es capable, et sur le nez. Il faut que ce soit sur le nez, parce que ça fait partie du contrat. Tout doit être exécuté à la perfection.

---

1. Il s'agit de Guillaume II (1859-1941) roi de Prusse et empereur d'Allemagne (1888-1918).

Our clients may be watching."

At two in the morning we drove slowly past the entrance to the Penguin Club in order to survey the situation. "I will park there," I said, "just past the entrance in that patch of dark. But I will leave the door open for you."

We drove on. Then George said, "What does he look like? How do I know it's him?"

"Don't worry," I answered. "I've thought of that," and I took from my pocket a piece of paper and handed it to him. "You take this and fold it up small and give it to the doorman and tell him to see it gets to Pantaloon quickly. Act as though you are scared to death and in an awful hurry. It's a hundred to one Pantaloon will come out. No columnist could resist that message.

On the paper I had written: *"I am a worker in Soviet Consulate. Come to the door very quickly please I have something to tell but come quickly as I am in danger. I cannot come in to you."*

"You see," I said, "your moustache will make you look like a Russian. All Russians have big moustaches."

Nos clients seront peut-être là pour observer la scène. »

À deux heures du matin, nous longeâmes à vitesse très réduite l'entrée du Penguin Club, de manière à inspecter la situation. « Je stationnerai ici, dis-je, juste après l'entrée, dans ce bout de rue qui n'est pas éclairé. Mais je garderai la portière ouverte pour toi. »

Nous nous remîmes à rouler. Puis George me demanda : « À quoi ressemble-t-il ? Comment saurai-je que c'est lui ?

— Ne t'inquiète pas, répondis-je. J'ai pensé à ça. » Et je sortis de ma poche un morceau de papier que je lui tendis. « Tu prends ça, tu le plies plusieurs fois, tu le donnes au portier et tu lui dis de le faire remettre de toute urgence à Pantaloon. Fais semblant d'avoir une frousse mortelle et d'être terriblement pressé. Il y a quatre-vingt-dix-neuf chances sur cent[1] pour que Pantaloon sorte. Aucun chroniqueur ne pourrait résister à un message de ce genre. »

Sur le papier j'avais écrit : *« Je suis un employé du consulat d'U.R.S.S. Venez à la porte tout de suite, je vous en supplie, j'ai des révélations à vous faire, mais venez vite car je suis en danger. Je ne peux pas entrer pour aller à votre rencontre. »*

« Tu comprends, dis-je, ta moustache te donnera l'apparence d'un Russe. Tous les Russes ont de grosses moustaches. »

---

1. *A hundred to one* : à cent contre un.

George took the paper and folded it up very small and held it in his fingers. It was nearly half past two in the morning now and we began to drive towards the Penguin Club.

"You all set?" I said.

"Yes."

"We're going in now. Here we come. I'll park just past the entrance... here. Hit him hard," I said, and George opened the door and got out of the car. I closed the door behind him but I leant over and kept my hand on the handle so I could open it again quick, and I let down the window so I could watch. I kept the engine ticking-over.

I saw George walk swiftly up to the doorman who stood under the red and white canopy which stretched out over the sidewalk. I saw the doorman turn and look down at George and I didn't like the way he did it. He was a tall proud man dressed in a fine magenta-coloured uniform with gold buttons and gold shoulders and a broad white stripe down each magenta trouser-leg. Also he wore white gloves and he stood there looking proudly down at George, frowning, pressing his lips together hard. He was looking at George's moustache and I thought Oh my God we have overdone it. We have overdisguised him.

George prit le papier, le plia de manière à le rendre tout petit, et le serra entre le pouce et l'index. Il était maintenant presque deux heures et demie du matin, et nous reprîmes la direction du Penguin Club.

« Paré ? demandai-je.

— Oui.

— Cette fois nous y allons. Nous voici arrivés. Je vais me garer juste un peu après l'entrée… ici. Frappe-le fort ! » fis-je. George ouvrit la portière et descendit de la voiture. Je refermai derrière lui, mais je me penchai et gardai la main sur la poignée, de manière à pouvoir la rouvrir vivement en cas de nécessité ; je baissai également la vitre pour mieux observer. Je laissai le moteur tourner au ralenti.

Je vis George marcher d'un pas rapide jusqu'au portier, debout sous la marquise à rayures rouges et blanches qui s'étendait au-dessus du trottoir. Je vis le portier se tourner et dévisager George de la tête aux pieds ; la façon dont il l'examina ne me plut guère. C'était un homme de grande taille et manifestement imbu de sa personne, vêtu d'un bel uniforme bordeaux garni d'épaulettes et de boutons dorés, dont le pantalon s'ornait d'une large bande blanche le long de chaque jambe. Il portait également des gants blancs, et il restait là à regarder George d'un air fier et méprisant, fronçant les sourcils et serrant les lèvres avec dédain. Il semblait s'intéresser de fort près à la moustache de George, et je songeai : Oh, mon Dieu, nous en avons trop fait. Nous avons exagéré son déguisement.

He's going to know it's false and he's going to take one of the long pointed ends in his fingers and then he'll give it a tweak and it'll come off. But he didn't. He was distracted by George's acting, for George was acting well. I could see him hopping about, clasping and unclasping his hands, swaying his body and shaking his head, and I could hear him saying, "Plees plees plees you must hurry. It is life and teth. Plees plees take it kvick to Mr Pantaloon." His Russian accent was not like any accent I had heard before, but all the same there was a quality of real despair in his voice.

Finally, gravely, proudly, the doorman said, "Give me the note." George gave it to him and said, "Tank you, tank you, but say it is urgent," and the doorman disappeared inside. In a few moments he returned and said, "It's being delivered now." George paced nervously up and down. I waited, watching the door. Three or four minutes elapsed. George wrung his hands and said, "Vere is he? Vere is he? Plees to go see if he is not coming!"

"What's the matter with you?" the doorman said. Now he was looking at George's moustache again.

Il va s'apercevoir qu'elle est fausse, il va saisir entre ses doigts l'une des longues extrémités pointues, il va tirer sèchement et elle se détachera. Mais il ne le fit pas. Son attention fut détournée par les simagrées de George, car George se comportait en véritable acteur professionnel. Il dansait d'un pied sur l'autre, se tordait les mains puis les agitait en l'air, balançait son corps et secouait la tête et je l'entendais implorer : « Zifouplaît zifouplaît zifouplaît, vaites fite. Z'est une quesdion de fie ou de mort. Zifouplaît zifouplaît, porrtez za fite à M. Pantaloon[1]. » Son accent russe ne ressemblait à aucun de ceux que j'avais entendus jusque-là, mais au demeurant sa voix avait les intonations d'un authentique désespoir.

Pour finir, gravement et toujours avec fierté, le portier articula : « Donnez-moi ce papier. » George le lui remit en disant : « Merzi, merzi, mais tites pien que z'est urchent. » Le portier disparut à l'intérieur. Il revint quelques instants plus tard et déclara : « Quelqu'un le lui remet en ce moment même. » George commença à marcher nerveusement de long en large. J'attendis, les yeux fixés sur la porte. Trois ou quatre minutes s'écoulèrent. George se tordit les mains et supplia : « Où esd-il ? Où esd-il[2] ? Zifouplaît allez foir bourquoi il ne fient pas !

— Mais enfin, qu'est-ce que vous avez donc ? » s'exclama le portier. À présent il examinait de nouveau la moustache de George.

---

1. *Plees* : *please*; *teth* : *death*; *kvick* : *quick(ly).*
2. *Vere* : *where.*

"It is life and teth! Mr Pantaloon can help! He nust come!"

"Why don't you shut up," the doorman said, but he opened the door again and he poked his head inside and I heard him saying something to someone.

To George he said, "They say he's coming now."

A moment later the door opened and Pantaloon himself, small and dapper, stepped out. He paused by the door, looking quickly from side to side like a nervous inquisitive ferret. The doorman touched his cap and pointed at George. I heard Pantaloon say, "Yes, what did you want?"

George said, "Plees, dis vay a leetle so as novone can hear," and he led Pantaloon along the pavement, away from the doorman and towards the car.

"Come on, now," Pantaloon said. "What is it you want?"

Suddenly George shouted "Look!" and he pointed up the street. Pantaloon turned his head and as he did so George swung his right arm and he hit Pantaloon plumb on the point of the nose.

« Z'est une quesdion de fie ou de mort ! M. Pantaloon peut m'aider ! Il doit fenir !

— Vous ne voudriez pas la fermer un peu ? » rétorqua le portier. Néanmoins il retourna ouvrir la porte, passa la tête à l'intérieur, et je l'entendis marmonner quelques mots.

Il revint vers George et déclara : « On me dit qu'il arrive tout de suite. »

Un moment plus tard la porte s'ouvrit et Pantaloon en personne, un petit bonhomme sémillant et tiré à quatre épingles, apparut. Il s'arrêta près de la porte, regardant vivement d'un côté puis de l'autre, tel un furet nerveux et à l'affût. Le portier porta la main à sa casquette et montra du doigt George. J'entendis Pantaloon demander : « Alors, qu'est-ce que vous voulez ? »

George lui dit : « Zifouplaît, fenez bar izi[1], à l'apri des oreilles intiscrètes. » Il força Pantaloon à le suivre sur le trottoir, l'éloignant du portier et le rapprochant de la voiture.

« Allons, maintenant dites-moi ce que vous voulez », répéta Pantaloon.

Brusquement George cria « Regardez ! », en montrant le bout de la rue. Pantaloon tourna la tête, et à cet instant précis George leva le bras droit et le frappa en plein sur l'arête du nez.

---

1. *Dis vay* : *this way*; *novone* : *noone.*

I saw George leaning forward on the punch, all his weight behind it, and the whole of Pantaloon appeared somehow to lift slightly off the ground and to float backwards for two or three feet until the façade of the Penguin Club stopped him. All this happened very quickly, and then George was in the car beside me and we were off and I could hear the doorman blowing a whistle behind us.

"We've done it!" George gasped. He was excited and out of breath. "I hit him good! Did you see how good I hit him!"

It was snowing hard now and I drove fast and made many sudden turnings and I knew no one would catch us in this snowstorm.

"Son of a bitch almost went through the wall I hit him so hard."

"Well done, George." I said. "Nice work, George."

"And did you see him lift? Did you see him lift right up off the ground?"

"Womberg will be pleased," I said.

"And Gollogly, and the Hines woman."

Je vis George se pencher en avant dans le mouvement, pour taper avec tout le poids de son corps,
et la silhouette entière de Pantaloon parut se
soulever légèrement du sol, et reculer ainsi de
presque un mètre[1], comme en suspension dans les
airs, jusqu'au moment où la façade du Penguin
Club l'arrêta. Tout cela se passa très vite : une
seconde plus tard George était dans la voiture à
côté de moi, je démarrai et fonçai à toute allure,
tandis que derrière nous j'entendis le portier lan-
cer des coups de sifflet.

« On a réussi ! haleta George, excité et hors
d'haleine. Je l'ai frappé bougrement fort, hein ?
Tu as vu comme je l'ai frappé fort ? »

La neige tombait à présent en flocons de plus
en plus serrés ; je conduisais vite et prenais de
nombreux virages sur l'aile. J'étais sûr que personne ne nous rattraperait au milieu de cette tem-
pête de neige.

« Ce foutu crétin[2], il a bien failli traverser le
mur tellement je l'ai frappé fort !

— Bien joué, George, approuvai-je. Du beau
travail, George.

— Et tu l'as vu se soulever de terre ? Tu as vu
comme il s'est mis à planer dans les airs ?

— Womberg sera rudement content, répondis-je.

— Et Gollogly aussi, et cette femme du nom de
Hines.

---

1. *A foot* : 30,48 cm.
2. *Son of a bitch* : fils de garce.

"They'll all be pleased," I said. "Watch the money coming in."

"There's a car behind us!" George shouted. "It's following us! It's right on our tail! Drive like mad!"

"Impossible!" I said. "They couldn't have picked us up already. It's just another car going somewhere." I turned sharply to the right.

"He's still with us," George said. "Keep turning. We'll lose him soon."

"How the hell can we lose a police-car in a nineteen thirty-four Chev," I said. "I'm going to stop."

"Keep going!" George shouted. "You're doing fine."

"I'm going to stop," I said. "It'll only make them mad if we go on."

George protested fiercely but I knew it was no good and I pulled in to the side of the road. The other car swerved out and went past us and skidded to a standstill in front of us.

"Quick," George said. "Let's beat it." He had the door open and he was ready to run.

"Don't be a fool," I said. "Stay where you are. You can't get away now."

A voice from outside said, "All right boys, what's the hurry?"

"No hurry," I answered. "We're just going home."

"Yea?"

— Ils seront tous contents, repris-je. Tu vas voir le fric qui va rentrer.

— Il y a une voiture derrière nous ! cria soudain George. Elle nous suit ! Elle se rapproche ! Ils vont comme des fous !

— Impossible, répliquai-je. Ils ne peuvent pas avoir déjà retrouvé notre trace. Ce n'est qu'une autre voiture qui va son chemin. » Je tournai vivement à droite.

« Il est toujours là, dit George. Continue de tourner. Nous aurons vite fait de le semer.

— Comment diable pouvons-nous semer une voiture de police avec une vieille Chevrolet de 1934 ? répondis-je. Je vais m'arrêter.

— Non, continue ! cria George. Tu te débrouilles à merveille.

— Je vais m'arrêter, répétai-je. Ça ne les rendra que plus furieux si je continue. »

George protesta farouchement, mais je savais que sa solution n'était pas la bonne, et je me rangeai contre la bordure du trottoir. L'autre voiture fit une embardée, nous dépassa et s'immobilisa en dérapant devant nous.

« Vite ! dit George. Fichons le camp ! » Il avait ouvert la portière, et était prêt à s'enfuir à toutes jambes.

« Ne fais pas l'idiot, dis-je. Reste où tu es. Tu ne peux pas filer maintenant. »

Une voix nous parvint de l'extérieur : « Alors, les gars, on est un peu pressés ?

— Oh, non, pas vraiment, répondis-je. Nous rentrons simplement chez nous.

— Ah ouais ?

"Oh yes, we're just on our way home now."

The man poked his head in through the window on my side, and he looked at me, then at George, then at me again.

"It's a nasty night," George said. "We're just trying to reach home before the streets get all snowed up."

"Well," the man said, "you can take it easy. I just thought I'd like to give you this right away." He dropped a wad of bank-notes on to my lap. "I'm Gollogly," he added, "Wilbur H. Gollogly," and he stood out there in the snow grinning at us, stamping his feet and rubbing his hands to keep them warm. "I got your wire and I watched the whole thing from across the street. You did a fine job. I'm paying you double. It was worth it. Funniest thing I ever seen. Goodbye boys. Watch your steps. They'll be after you now. Get out of town if I were you. Goodbye." And before we could say anything, he was gone.

When finally we got back to our room I started packing at once.

"You crazy?" George said. "We've only got to wait a few hours and we receive five hundred dollars each from Womberg and the Hines woman. Then we'll have two thousand altogether and we can go anywhere we want."

— Euh, oui, nous rentrons chez nous maintenant, voilà tout. »

L'homme passa la tête par la vitre située de
mon côté ; son regard se porta sur moi, puis sur
George, puis de nouveau sur moi.

« C'est une sale nuit, dit George. Nous essayons
seulement de rentrer chez nous avant que les rues
ne soient complètement couvertes de neige.

— Eh bien, articula l'homme, vous pouvez rouler en toute tranquillité. Je tenais juste à vous
remettre ceci tout de suite. » Il laissa tomber sur
mes genoux une liasse de billets de banque. « Je
m'appelle Gollogly, ajouta-t-il. Wilbur H. Gollogly. » Et il resta là debout dans la neige, nous
adressant un large sourire, tapant des pieds et se
frottant les mains pour les réchauffer. « J'ai reçu
votre télégramme et j'ai observé toute la scène de
l'autre côté de la rue. Vous avez fait un excellent
travail. Je vous paie double tarif. Ça valait bien ça.
Le spectacle le plus marrant que j'aie jamais vu !
Allez, au revoir, les gars. Mais faites gaffe, hein ?
Vous serez recherchés maintenant. Si j'étais vous
je quitterais la ville. Au revoir. » Et, sans nous laisser le temps de répondre, il avait déjà disparu.

Lorsque enfin nous fûmes de retour dans notre
chambre, j'entrepris immédiatement de faire les
bagages.

« Tu es fou ? s'exclama George. Nous n'avons
qu'à attendre quelques heures, et nous recevrons
cinq cents dollars à la fois de Womberg et de cette
Hines. Ça nous fera alors deux mille dollars en
tout, et avec ça nous pourrons aller partout où
nous voudrons. »

So we spent the next day waiting in our room and reading the papers, one of which had a whole column on the front page headed, "Brutal assault on famous columnist". But sure enough the late afternoon post brought us two letters and there was five hundred dollars in each.

And right now, at this moment, we are sitting in a Pullman car, drinking Scotch whisky and heading south for a place where there is always sunshine and where the horses are running every day. We are immensely wealthy and George keeps saying that if we put the whole of our two thousand dollars on a horse at ten to one we shall make another twenty thousand and we will be able to retire. "We will have a house at Palm Beach," he says, "and we will entertain upon a lavish scale. Beautiful socialites will loll around the edge of our swimming pool sipping cool drinks, and after a while we will perhaps put another large sum of money upon another horse and we shall become wealthier still. Possibly we will become tired of Palm Beach and then we will move around in a leisurely manner among the playgrounds of the rich. Monte Carlo and places like that.

Nous passâmes donc le lendemain à attendre dans notre chambre et à lire les journaux. L'un d'eux titrait sur une colonne entière, en première page : «Un célèbre chroniqueur mondain sauvagement agressé». Et effectivement le courrier de l'après-midi nous apporta deux lettres, contenant chacune cinq cents dollars.

Nous avons pris un train de luxe, et en ce moment même, confortablement assis dans une voiture pullman et buvant du whisky, nous nous dirigeons vers le sud, vers un endroit où le soleil brille toute l'année et où il y a chaque jour des courses de chevaux. Nous sommes immensément riches, et George ne cesse d'affirmer que si nous plaçons la totalité de nos deux mille dollars sur un cheval à dix contre un, nous allons cette fois gagner vingt mille dollars et nous pourrons prendre notre retraite. «Nous posséderons une propriété à Palm Beach, dit-il, et nous donnerons des réceptions somptueuses. De belles jeunes femmes de la haute société prendront nonchalamment des bains de soleil autour de notre piscine, en sirotant des rafraîchissements ; et au bout d'un certain temps nous placerons peut-être une nouvelle grosse somme sur un autre cheval, et nous deviendrons encore plus fabuleusement riches. Il est possible que dans ce cas nous finissions par nous fatiguer de Palm Beach et que nous nous mettions à parcourir le monde selon notre bon plaisir, en visitant les lieux de prédilection des gens fortunés. Monte-Carlo, et d'autres villes du même genre.

Like the Ali Khan and the Duke of Windsor. We will become prominent members of the international set and film stars will smile at us and headwaiters will bow to us and perhaps, in time to come, perhaps we might even get ourselves mentioned in Lionel Pantaloon's column."

"That would be something," I said.

"Wouldn't it just," he answered happily. "Wouldn't that just be something."

Comme l'Agha Khan[1] et le duc de Windsor. Nous deviendrons des membres éminents de la jet-set internationale, les vedettes de cinéma nous souriront, les maîtres d'hôtel nous feront mille courbettes, et peut-être, dans l'avenir, peut-être même que nos noms seront cités dans la chronique de Lionel Pantaloon !

— Ça serait quelque chose, ça ! dis-je.

— Hein, tu te rends compte ! répond-il joyeusement. Tu ne trouves pas que ce serait un joli petit exploit ? »

---

1. Agha Khan (1887-1957) : fondateur de la Ligue musulmane de l'Inde, il représenta l'Inde à la Société des Nations.

The Butler

Le maître d'hôtel

As soon as George Cleaver had made his first million, he and Mrs Cleaver moved out of their small suburban villa into an elegant London house. They acquired a French chef called Monsieur Estragon and an English butler called Tibbs, both wildly expensive. With the help of these two experts, the Cleavers set out to climb the social ladder and began to give dinner parties several times a week on a lavish scale.

But these dinners never seemed quite to come off. There was no animation, no spark to set the conversation alight, no style at all. Yet the food was superb and the service faultless.

"What the heck's wrong with our parties, Tibbs?" Mr Cleaver said to the butler. "Why don't nobody never loosen up and let themselves go?"

Aussitôt que George Cleaver eut gagné un million de livres, sa femme et lui quittèrent leur petite villa de la banlieue pour s'installer dans une élégante maison de Londres. Ils engagèrent un cuisinier français nommé M. Estragon, et un maître d'hôtel anglais qui s'appelait Tibbs. Ces deux experts leur coûtèrent une fortune, mais grâce à eux les Cleaver entreprirent de gravir les degrés de l'échelle sociale et de donner des dîners absolument princiers plusieurs fois par semaine.

Cependant ces dîners ne semblaient jamais réussir tout à fait. Ils manquaient d'animation, aucune étincelle ne venait donner du brillant à la conversation, tout cela restait dépourvu de chic et de distinction. Pourtant, les plats étaient succulents et le service impeccable.

« Qu'est-ce donc qui cloche dans nos dîners, que diable, Tibbs ? demanda M. Cleaver à son maître d'hôtel. Pourquoi nos invités restent-ils toujours crispés, au lieu de se détendre et de se laisser aller ? »

Tibbs inclined his head to one side and looked at the celling. "I hope, sir, you will not be offended if I offer a small suggestion."

"What is it?"

"It's the wine, sir."

"What about the wine?"

"Well, sir, Monsieur Estragon serves superb food. Superb food should be accompanied by superb wine. But you serve them a cheap and very odious Spanish red."

"Then why in heaven's name didn't you say so before, you twit?" cried Mr Cleaver. "I'm not short of money. I'll give them the best flipping wine in the world if that's what they want! What *is* the best wine in the world?"

"Claret, sir," the butler replied, "from the greatest *châteaux* in Bordeaux — Lafite, Latour, Haut-Brion, Margaux, Mouton-Rothschild and Cheval-Blanc. And from only the very greatest vintage years, which are, in my opinion, 1906, 1914, 1929 and 1945. Cheval-Blanc was also magnificent in 1895 and 1921, and Haut-Brion in 1906."

"Buy them all!" said Mr Cleaver. "Fill the flipping cellar from top to bottom!"

"I can try, sir," the butler said. "But wines like these are extremely rare and cost a fortune."

Tibbs inclina la tête d'un côté et regarda le plafond. «J'espère, monsieur, que vous ne vous offenserez pas si je vous fais part d'une petite suggestion.

— De quoi s'agit-il?

— C'est à cause du vin, monsieur.

— Eh bien, qu'est-ce qu'il a, ce vin?

— C'est-à-dire, monsieur, que M. Estragon prépare une cuisine superbe. Des plats aussi raffinés doivent être accompagnés par des crus de très grande qualité. Mais vous vous contentez de servir du vin rouge espagnol, bon marché et parfaitement détestable.

— Alors pourquoi, au nom du ciel, ne me l'avez-vous pas dit plus tôt, bougre d'imbécile? s'écria M. Cleaver. Je ne suis pas à court d'argent. Je vais leur offrir un sacré vin, le meilleur du monde, si c'est tout ce qu'ils veulent! Quel *est* le meilleur vin du monde?

— Le bordeaux, monsieur, répondit le maître d'hôtel, celui des plus grands *châteaux* du Bordelais : lafite, latour, haut-brion, margaux, mouton-rothschild et cheval-blanc. Et seulement les bouteilles des meilleurs millésimes, qui sont, à mon avis, 1906, 1914, 1929 et 1945. Le cheval-blanc a aussi été superbe en 1895 et 1921, et le haut-brion en 1906.

— Achetez-les tous! ordonna M. Cleaver. Remplissez-moi cette fichue cave de bas en haut.

— Je puis essayer, monsieur, répondit le maître d'hôtel. Mais les vins de ce type sont excessivement rares et coûtent des sommes considérables.

"I don't give a hoot what they cost!" said Mr Cleaver. "Just go out and get them!"

That was easier said than done. Nowhere in England or in France could Tibbs find any wine from 1895, 1906, 1914 or 1921. But he did manage to get hold of some twenty-nines and forty-fives. The bills for these wines were astronomical. They were in fact so huge that even Mr Cleaver began to sit up and take notice. And his interest quickly turned into outright enthusiasm when the butler suggested to him that a knowledge of wine was a very considerable social asset. Mr Cleaver bought books on the subject and read them from cover to cover. He also learned a great deal from Tibbs himself, who taught him, among other things, just how wine should properly be tasted. "First, sir, you sniff it long and deep, with your nose right inside the top of the glass, like this. Then you take a mouthful and you open your lips a tiny bit and suck in air, letting the air bubble through the wine. Watch me do it. Then you roll it vigorously around your mouth. And finally you swallow it."

— Qu'à cela ne tienne, je m'en fiche pas mal ! dit M. Cleaver. Sortez me les acheter immédiatement ! »

La chose était plus facile à dire qu'à faire. Nulle part en Angleterre ni en France Tibbs ne trouva des vins de 1895, 1906, 1914 ou 1921. Mais il parvint quand même à mettre la main sur quelques bouteilles de 1929 et de 1945. Les factures concernant ces vins furent astronomiques. En fait, elles se montaient à des sommes si énormes que même M. Cleaver s'en montra étonné et les examina de plus près. Néanmoins cela ne refroidit nullement son intérêt, qui se transforma vite en un authentique enthousiasme lorsque le maître d'hôtel lui laissa entendre qu'une bonne connaissance des vins constituait un atout très précieux dans la vie sociale. M. Cleaver acheta des livres sur le sujet et les lut de la première à la dernière page. Il apprit également beaucoup de Tibbs lui-même, qui lui enseigna, entre autres choses, la vraie manière de goûter convenablement un vin. « En premier lieu, monsieur, vous le humez longuement et profondément, en plaçant les narines bien contre le bord du verre, comme ceci. Puis vous en prenez une gorgée, et vous écartez un tout petit peu les lèvres pour aspirer de l'air, que vous faites barboter à travers le vin. Regardez comment j'effectue cette opération. Ensuite vous faites tourner le vin vigoureusement tout autour de votre bouche. Et pour finir vous l'avalez. »

In due course, Mr Cleaver came to regard himself as an expert on wine, and inevitably he turned into a colossal bore. "Ladies and gentlemen," he would announce at dinner, holding up his glass, "this is a Margaux '29! The greatest year of the century! Fantastic bouquet! Smells of cowslips! And notice especially the after taste and how the tiny trace of tannin gives it that glorious astringent quality! Terrific, ain't it?"

The guests would nod and sip and mumble a few praises, but that was all.

"What's the matter with the silly twerps?" Mr Cleaver said to Tibbs after this had gone on for some time. "Don't none of them appreciate a great wine?"

The butler laid his head to one side and gazed upward. "I think they *would* appreciate it, sir," he said, "if they were able to taste it. But they can't."

"What the heck d'you mean, they can't taste it?"

"I believe, sir, that you have instructed Monsieur Estragon to put liberal quantities of vinegar in the salad-dressing."

"What's wrong with that? I like vinegar."

"Vinegar," the butler said, "is the enemy of wine. It destroys the palate.

M. Cleaver ne tarda guère à se considérer comme un expert en vins, et par la force des choses il devint un personnage fantastiquement assommant. « Mesdames et messieurs, proclamait-il au milieu du dîner en levant son verre, ceci est un margaux 1929 ! La meilleure année du siècle ! Un bouquet extraordinaire ! On y détecte un délicieux parfum de primevères ! Et remarquez surtout l'arrière-goût, voyez comme cette minuscule trace de tanin lui donne son côté merveilleusement astringent ! Admirable, n'est-ce pas ? »

Les invités acquiesçaient, buvaient une gorgée et marmonnaient quelques vagues compliments, mais cela s'arrêtait là.

« Qu'est-ce qu'ils ont donc, ces imbéciles heureux ? demanda M. Cleaver à Tibbs quand ce manège eut duré un certain temps. Est-ce qu'aucun d'entre eux n'est capable d'apprécier un grand vin ? »

Le maître d'hôtel inclina la tête de côté, et leva les yeux en l'air. « Je pense qu'ils seraient vraiment capables de l'apprécier, monsieur, déclara-t-il, si seulement ils pouvaient le goûter. Mais ils ne le peuvent pas.

— Que diable me chantez-vous là, ils ne peuvent pas le goûter ?

— Il me semble, monsieur, que vous avez recommandé à M. Estragon de ne pas hésiter à mettre une certaine quantité de vinaigre dans l'assaisonnement de la salade.

— Quel mal y a-t-il à cela ? J'aime le vinaigre

— Le vinaigre, affirma le maître d'hôtel, est l'ennemi du vin. Il détruit le palais.

The dressing should be made of pure olive oil and a little lemon juice. Nothing else."

"Hogwash!" said Mr Cleaver.

"As you wish, sir."

"I'll say it again, Tibbs. You're talking hogwash. The vinegar don't spoil my palate one bit."

"You are very fortunate, sir," the butler murmured, backing out of the room.

That night at dinner, the host began to mock his butler in front of the guests. "Mister Tibbs," he said, "has been trying to tell me I can't taste my wine if I put vinegar in the salad-dressing. Right, Tibbs?"

"Yes, sir," Tibbs replied gravely.

"And I told him hogwash. Didn't I, Tibbs?"

"Yes, sir."

"This wine," Mr Cleaver went on, raising his glass, "tastes to me exactly like a Château Lafite '45, and what's more it is a Château Lafite '45."

Tibbs, the butler, stood very still and erect near the sideboard, his face pale. "If you'll forgive me, sir," he said, "that is not a Lafite '45."

Mr Cleaver swung round in his chair and stared at the butler.

L'assaisonnement devrait se composer d'huile d'olive vierge et d'un peu de jus de citron. Rien d'autre.

— Vous me racontez des sornettes! s'exclama M. Cleaver.

— Comme vous voudrez, monsieur.

— Je le répète, Tibbs, vous me racontez des sornettes. Le vinaigre ne m'a jamais détruit le palais le moins du monde.

— Vous avez beaucoup de chance, monsieur », murmura le maître d'hôtel, sortant à reculons de la pièce.

Ce soir-là, au dîner, l'hôte commença à tourner en dérision son maître d'hôtel devant ses invités. «M. Tibbs, dit-il, a essayé de m'expliquer que je ne peux pas goûter mon vin si je mets du vinaigre dans l'assaisonnement de la salade. Exact, Tibbs?

— Oui, monsieur, répondit Tibbs d'un ton grave.

— Et je lui ai répliqué qu'il me débitait des sornettes. Pas vrai, Tibbs?

— Oui, monsieur.

— Ce vin, poursuivit M. Cleaver en levant son verre, a pour moi exactement le goût d'un château-lafite 1945, et, j'ajoute que c'est un château-lafite 1945. »

Tibbs, le maître d'hôtel, se tenait très raide et immobile près du buffet, le visage blanc comme un linge. «Si vous voulez bien me pardonner, monsieur, articula-t-il, ce n'est pas un château-lafite 1945. »

M. Cleaver pivota vivement dans son fauteuil et fixa sur son maître d'hôtel des yeux exorbités.

"What the heck d'you mean," he said. "There's the empty bottles beside you to prove it!"

These great clarets, being old and full of sediment, were always decanted by Tibbs before dinner. They were served in cut-glass decanters, while the empty bottles, as is the custom, were placed on the sideboard Right now, two empty bottles of Lafite '45 were standing on the sideboard for all to see.

"The wine you are drinking, sir,' the butler said quietly, "happens to be that cheap and rather odious Spanish red."

Mr Cleaver looked at the wine in his glass, then at the butler. The blood was coming to his face now, his skin was turning scarlet. "You're lying, Tibbs!" he said.

"No sir, I'm not lying," the butler said. "As a matter of fact, I have never served you any other wine but Spanish red since I've been here. It seemed to suit you very well."

"Don't believe him!" Mr Cleaver cried out to his guests. "The man's gone mad."

"Great wines," the butler said, "should be treated with reverence. It is bad enough to destroy the palate with three or four cocktails before dinner, as you people do, but when you slosh vinegar over your food into the bargain, then you might just as well be drinking dishwater."

« Que diable voulez-vous dire ? s'écria-t-il. Les bouteilles vides sont là, à côté de vous, pour le prouver ! »

Ces grands bordeaux très âgés, contenant beaucoup de lie, étaient toujours décantés par Tibbs avant le dîner. Ils étaient servis dans des carafes de cristal, tandis que les bouteilles vides, selon la tradition, restaient exposées sur le buffet. En ce moment précis, deux bouteilles vides de château-lafite 1945 trônaient sur le buffet, bien en vue de tout le monde.

« Le vin que vous buvez, monsieur, continua tranquillement le maître d'hôtel, n'est autre que du gros rouge espagnol bon marché et parfaitement détestable. »

M. Cleaver regarda le vin qui se trouvait dans son verre, puis le maître d'hôtel. Le sang lui montait maintenant au visage, et sa peau prenait une teinte écarlate. « Vous mentez, Tibbs ! cria-t-il.

— Non, monsieur, je ne mens pas, répondit celui-ci. En fait, depuis que je suis ici, je ne vous ai jamais servi d'autre vin que ce gros rouge espagnol. Il semblait vous convenir à merveille.

— Ne le croyez pas ! hurla M. Cleaver à ses invités. Cet homme a perdu l'esprit !

— Les grands vins, poursuivit le maître d'hôtel, exigent d'être traités avec révérence. Il est déjà assez grave de se détruire le palais avec trois ou quatre apéritifs avant le dîner, comme vous le faites vous autres, mais si par-dessus le marché vous arrosez vos plats de vinaigre, alors vous feriez aussi bien de boire de l'eau de vaisselle »

Ten outraged faces around the table stared at the butler. He had caught them off balance. They were speechless.

"This," the butler said, reaching out and touching one of the empty bottles lovingly with his fingers, "this is the last of the forty-fives. The twenty-nines have already been finished. But they were glorious wines. Monsieur Estragon and I enjoyed them immensely."

The butler bowed and walked quite slowly from the room. He crossed the hall and went out of the front door of the house into the street where Monsieur Estragon was already loading their suitcases into the boot of the small car which they owned together.

Les dix personnes attablées se tournèrent vers le maître d'hôtel et le fixèrent d'un air outragé. Il les avait prises totalement au dépourvu. Elles en restaient sans voix.

« Ceci, reprit le maître d'hôtel, tendant le bras et caressant amoureusement du bout des doigts une bouteille vide, ceci est la toute dernière du millésime 1945. Celles de 1929 sont déjà terminées depuis longtemps. Mais c'étaient des vins magnifiques. M. Estragon et moi-même avons pris un plaisir immense à les déguster. »

Le maître d'hôtel s'inclina et quitta la pièce d'une démarche lente et mesurée. Il traversa le hall d'entrée et sortit, par la grand-porte de la maison, dans la rue où M. Estragon chargeait déjà leurs valises à l'arrière de la petite voiture qu'ils possédaient en commun.

DU MÊME AUTEUR

Dans la collection Folio Bilingue

THE GREAT SWITCHEROO/LA GRANDE ENTOUR-
LOUPE-THE LAST ACT/LE DERNIER ACTE *Tra-
duction de Maurice Rambaud, préface et notes de Yann Yvinec* (nº 52)

THE PRINCESS AND THE POACHER/LA PRIN-
CESSE ET LE BRACONNIER-THE PRINCESS
MAMMALIA/LA PRINCESSE MAMMALIA *Traduc-
tion, introduction et notes d'Henri Yvinec* (nº 9)

Dans la collection Folio

BIZARRE ! BIZARRE ! (nº 395)

LA GRANDE ENTOURLOUPE (nº 1520)

L'HOMME AU PARAPLUIE ET AUTRES NOU-
VELLES (nº 2468)

KISS KISS (nº 1029)

MON ONCLE OSWALD (nº 1745)

L'INVITÉ, extrait de MON ONCLE OSWALD, Folio à 2 €
(nº 3694)

Impression CPI Bussière
à Saint-Amand (Cher), le 2 mars 2011.
Dépôt légal : mars 2011.
1ᵉʳ dépôt légal dans la collection : février 2003.
Numéro d'imprimeur : 110547/1.

ISBN 978-2-07-042488-7./Imprimé en France.